国始事　伯井誠司

思潮社

叙事詩

<ruby>国 始 事<rt>くにのはじめのこと</rt></ruby>

伯井誠司

思潮社

目次

序 ……………………………………………………………… 7

第一部

天地開闢 ……………………………………………………… 19
国生みと神生み ……………………………………………… 20
伊奘諾の黄泉下り …………………………………………… 25
素戔嗚と天照大神の誓約 …………………………………… 30
素戔嗚の狼藉 ………………………………………………… 34
天照大神の岩戸隠れ ………………………………………… 40
素戔嗚の八岐大蛇退治 ……………………………………… 51

第二部

大己貴と少彦名の天下経営 ………………………………… 63
大物主の顕現 ………………………………………………… 71
三輪山伝説 …………………………………………………… 77
大己貴の婚姻 ………………………………………………… 81
天照大神の勅命 ……………………………………………… 82
天穂日の派遣 ………………………………………………… 84
天稚彦と下照姫 ……………………………………………… 89

経津主と武甕槌の派遣 …………………………………………… 97
大己貴の国譲り …………………………………………………… 106

第三部

天孫降臨 …………………………………………………………… 109
木花開耶姫と磐長姫 ……………………………………………… 116
火の中の出産 ……………………………………………………… 121

第四部

海幸山幸 …………………………………………………………… 123
豊玉姫の出産 ……………………………………………………… 154
彦波瀲武鸕鷀草葺不合の系譜 …………………………………… 157

第五部

東征開始 …………………………………………………………… 159
長髄彦登場 ………………………………………………………… 166
彦五瀬命薨去 ……………………………………………………… 169
名草戸畔の抵抗 …………………………………………………… 170

稲飯命と三毛入野命の離脱 ……………………………… 171
霊剣韴霊下賜 ……………………………………………… 173
八咫烏の導き ……………………………………………… 175
兄猾と弟猾 ………………………………………………… 179
吉野の地祇たちとの遭逢 ………………………………… 181
国見の丘の八十梟帥の征伐 ……………………………… 183
兄磯城と弟磯城 …………………………………………… 192
可美真手と長髄彦の不和 ………………………………… 200
磐余彦と長髄彦最後の決戦 ……………………………… 206
土蜘蛛の征伐 ……………………………………………… 211
橿原の宮造営の勅令 ……………………………………… 213
磐余彦と媛蹈鞴五十鈴姫の婚姻 ………………………… 214
日本建国 …………………………………………………… 214

索引 ………………………………………………………… 218

装画＝春日鹿曼荼羅図

序

　本作品は日本の建国神話を語る叙事詩です。日本の神話は古くから北畠親房に「神道のことはたやすくあらはさず」などと言われている通り、何を正統とすべきか諸説あってなかなか定まらず、現代でも様々な人々が異なる持論を述べているものですが、この詩もまた日本の神話の正統を示そうとする新しい試みのひとつということです。ただ、現代の日本でこのような作品を発表すれば「これは国粋主義への迎合ではないのか」と疑われるのは当然だと思うので、ここでは序文の形を借りて、そうした誤解を解消するための説明をします。

＊

　まず始めにはっきりとさせておきたいのは、私自身一人の日本人として、国粋主義に魅力を感じたことが今まで一度も無いということです。それは何も私が日本の伝統を毛嫌いしているからではなく、むしろ国粋主義の世界観が古典的な日本の伝統と相容れない、異質なものにしか感じられなかったからです。これは第二次世界大戦中の大日本帝国で行われた昭和天皇の神格化についても同じことで、当時の日本はあたかも国全体で新興宗教をやっているかのようであり、昔ながらの伝統を守った結果ああなったとは到底思えませんでした。私は国粋主義の信奉者では全くなく、むしろこの二十年ほど、再び勢いを盛り返した国粋主義者たちが愛国の看板のもとに好き放題をし、世の中の雰囲気がどんどん荒廃してゆく様を苦々しい思いで眺めてきた者なのです。

では、なぜ愛国者を自称する人々がいつもあの狂気じみた感じになってしまうのでしょうか。私はその大元の責任を江戸時代の国学者たち、とりわけ賀茂真淵、本居宣長、平田篤胤の三人に帰します。すなわち、これらの人々が江戸時代に主唱し始めたある種の過激な原理主義が明治維新の際に国の中枢に入り込んだことから、日本が狂い始めてしまったと考えているということです。第二次世界大戦後の日本も、うわべでは戦前の国粋主義を克服したような顔をしていますが、実際のところは「日本とは何か」「日本文化とは何か」「日本の神話とは何か」などの根源的な問いについては相変わらず国学的な定義を答えとしており、国学に馴染めない人々には「考えるのを止める」か「唯物史観に帰依する」という選択肢しかないような状況が続いています。

　この叙事詩はそうした状況を打開すべく、国学の狂気じみた原理主義でもなく、すべてを政治的思惑によって説明しようとする不毛な唯物史観でもない、第三の道を提示するものです。

＊

　国学の大きな問題のひとつは、それが単に伝統と相容れないというだけでなく、むしろ意外にも伝統を否定しようとする強い傾向を持っていることです。ここではまずそれがよく表れている例として、賀茂真淵の『歌意考』の一部を引用します。

　「ものゝ始め、わろく入り立ちにしこそ苦しけれ。万よこしまにも習へば心となるものにて、もとのやまと魂を失へりければ、たまたま良き筋の事は聞けども、直く清き千代の古道には行き立ちがてになむある。[中略]いにしへは益荒男はたけく雄々しきをむねとすれば、歌もしかり。さるを、古今和歌集のころとなりては男も女ぶり

に詠みしかば、男女(をとこをみな)の分かちなくなりぬ。さらば女はたゞ古今和歌集にて足りなむといふべけれど、そは今少し下(くだ)ち行きたる世にて、人の心に巧み多く、言にまことは失せて歌をわざとしたれば、おのづから宜しからず、心にむつかしきことあり。いにしへ人の直(なほ)くして心高くみやびたるを万葉に得て、後に古今歌集へ下りてまねぶべし。」

「失われた大和魂を取り戻さなければならない」と主張し、「そのためには万葉集の益荒男ぶりに学べ」と説く、国学的文学論のまさに典型です。これが書かれたのは十八世紀ですが、その影響は今もなお衰えず、戦後の右翼文学も基本的にはこの論の設定した枠組みの内側で展開されたと言えるでしょう。

ただ万葉集に学べというだけならば、勿論、俊成や定家も言っていることです。真淵の論の問題は、それが単なる古典の尊重では無く、原理主義になってしまっていることなのです。この万葉集原理主義がいかに伝統からの逸脱を招いたかを見るために、次は真淵の影響下で万葉調の歌を詠んだ田安宗武(たやすむねたけ)と、同時期に堂上歌壇の第一人者として活躍していた冷泉為村(れいぜいためむら)の作品とを比べてみましょう。

田安宗武
魚(いを)は獲ぬ波さへたゝぬ河づらに舟並(な)めて遊ぶ心たのしも
深川を漕ぎ出で見れば入日さし富士の高嶺のさやけく見ゆかも
真帆(まほ)引きて寄せ来る舟に月照れり楽しくぞあらむその舟人は

冷泉為村
光散る夜半(よは)のかゞり火風こえて鵜舟(うぶね)にさわぐ波ぞつたへる
夏草のまがきの露に有明の月かげ涼しあかつきの空

浪風もしづけきことの朝凪にとほざかり行く海人の釣舟

　為村の歌が伝統的な語彙を用い、完璧な韻律で書かれているのに対して、宗武の歌はどこか口語的であり、字余りが多く、「さやけく見ゆかも」に至っては終助詞に終止形で接続しています。古典的な形式美を持つ保守的な作風は明らかに為村の方であり、宗武の歌は情感を主観的に出すためならば形式からの逸脱をも厭わない型破りな作風なのです。

　この矛盾の原因を理解するためには、当時の日本社会にあった身分制度を理解しなければなりません。為村は公卿、つまり高位の貴族であり、歌についても霊元院から直々に古今伝授を受けていました。一方、宗武を教えた真淵は地方の貧しい家の生まれであり、天皇から直々に歌の教授を受ける機会などありませんでした。和歌の伝統とは民間に開かれたものではなく、閉じられた宮廷社会の中で受け継がれてゆくものだったのです。

　それは真淵のみならず、一般庶民の多くにとっても面白くないことだったでしょう。なぜならば、もしそのような伝統がすべてだとすれば、貴族に生まれなかった人には表舞台で和歌の道の正統後継者となる資格が最初から無いことになってしまうからです。しかし時は江戸中期であり、既に芭蕉が卑俗な文学形式だった俳句を用いて宮廷の外でも高尚な文学が出来ることを証明した後です。和歌の世界においても、庶民の間に「貴族の秘伝がなんだ。昔の人は伝統なんて気にせずただ湧き上がってくる気持を詠んだんだから、そういう風に自分の思いを自由に歌うのが本当の伝統だろう」などと叫びたい気持が高まっていたとしても不思議はありません。

　真淵による万葉集原理主義の提唱は、そのような時代背景を踏まえた上で理解されるべきです。つまり、古今集に対する万葉集の優

位を唱えることの裏には「古今伝授に拘(こだわ)る貴族たちよりも、万葉集の心に学んでいる俺たちの方が偉いんだぞ」という主張が隠れており、国の文化の主軸を貴族たちから奪い取って自分たちのものにしたいという非貴族たちの野心が燃えていたということです。

　この野心は後に明治維新によって実現されましたが、その頃となると、万葉調の歌には明確に政治的な意味での国粋主義の特徴が表れてきます。その典型例として、幕末に活躍した橘 曙覧(たちばなあけみ)の歌を見てみましょう。

益荒男(ますらを)が朝廷(みかど)思ひの忠實(まめごゝろ)目を血に染めて焼刃(やきば)見澄ます
国を思ひ寝られざる夜の霜の色月さす窓に見る剣(つるぎ)かな
国汚す奴(やつこ)あらばと太刀(たち)抜きて仇にもあらぬ壁に物いふ

　男がひとり部屋に居て、朝廷への忠誠をひたすら思いながら目を真っ赤に充血させて日本刀の刃を見ている。国を思えば思うほど興奮してきて寝られなくなってしまい、寒い冬の夜だというのに月明かりの下で刀を見つめ続ける。そのうちついに頭に血が上り、まわりに誰もいないのに「国を汚す奴あらばたゞではおかぬぞ！」などと奇声を上げながら刀を抜き、壁に向かって喚き散らす。ここに描かれているのはそのような光景です。

　あたかも精神に異常をきたしているかのような挙動ですが、愛国一辺倒で視野が狭くなり、あげく頭に血が上って暴力的になってしまう様子はのちの昭和の国粋主義に通ずると言えるでしょう。江戸後期の歌壇でも香川景樹(かげき)や大隈言道(ことみち)など国学から一歩距離を置いた歌人たちの中にはこうした政治的な過激さが無いことから、国粋主義との結びつきが万葉調歌人特有の傾向だったことがわかります。

＊

　さて、この国学は和歌のみならず、日本の神話観にも深刻な影響を及ぼしています。それは真淵の弟子だった宣長が「［古事］記をもちて、あるが中の最上たる史典と定めて、書紀をばこれが次に立つる物ぞ」と、日本書紀に対する古事記の優位を説いたからです。これは真淵が歌論として打ち出した万葉集原理主義を神道に応用した古事記原理主義とでも言うべきもので、現代の日本人が日本の神話として教わることは基本的にすべてこの宣長の説に基づいています。

　しかし古事記を考える上でまず重要なのは、それが古代から読み継がれてきたものでは無いということです。宣長自身、古事記伝の冒頭に「かの書紀いできてより、世の人おしなべて彼をのみ尊み用ひて、この記は名をだに知らぬも多し」と書いていますが、昔から読み継がれてきたのは古事記では無くて日本書紀の方です。源氏物語を初めて読んだときの一条天皇の感想も「この人は日本紀をこそ読みたるべけれ」だし、古今著聞集の神祇の部の始まりも日本書紀の引用だし、北畠親房に至っては神皇正統記の中で「日本紀、舊事本紀、古語拾遺等にのせざらん事は末學の輩ひとへに信用しがたかるべし。かの書のうち猶一決せざることおほし。況異書におきては正とすべからず」と警告まで残しています。現代の日本ではよく「日本書紀は外国向けに、古事記は国内向けに作られた」などと説明されますが、実際には平安から既に国内の教育のためにも日本書紀が使われており、古事記が広く学ばれていた形跡はありません。一条天皇も紫式部も、古事記を読んでいなかったどころか、そもそも古事記などという本が存在することすら知らなかった可能性があるのです。

しかし、それでは日本書紀を買って勉強すればよいのかというと、それも簡単にはゆきません。なぜなら、そこには訓の問題が関わってくるからです。

　日本書紀は、御存知の通り、漢文で書かれています。この点をもって宣長は「漢意の書」と貶すわけですが、漢文で書かれているからと言って、中国語で読まれてきたわけではありません。「国常立尊」という神名は漢字で書かれていますが、もちろん「コクジョウリッソン」では無く、「クニノトコタチノミコト」です。地の文でも「古」は「コ」ではなく「イニシヘ」で、「渾沌」は「コントン」ではなく「マロカレタル」です。なぜそれがわかるのかと言うと、日本書紀の写本には漢字の横にカタカナで訓が振ってあり、それに沿って読めるようになっているからです。伝統的な古訓には平安の古典にも出てこないような古い言葉がたくさん含まれており、それに従うと格調高い和文として読めるのです。これが本来の日本書紀の読み方です。

　ところが、宣長の古事記原理主義が国全体に浸透した結果、書記の古訓は権威を失い、古事記の訓や宣長の新説に取って代わられるようになりました。そのため刊行されている日本書紀を買ってきても、純粋な古訓では読めないのです。

　この古訓軽視の影響が最も顕著に表れているのは、神や人の名前においてです。例えば彦波瀲武鸕鷀草葺不合尊という神名は今、一般的に「ヒコナギサタケウガヤフキアヘズのミコト」と読まれていますが、実はこの名前には現存するすべての古写本において「ヒコナキサタケウカヤフキアハセス」と訓が振られています。「フキアヘズ」は俊成の『古来風躰抄』に「うのはふきあへずのみこと」と書いてあるのに着想を得た宣長が江戸時代に付けた新訓であり、裏付

けがないままいつの間にか定着してしまったものなのです。また神武天皇の和号である神日本磐余彦も、古写本はほとんど「カミヤマトイハアレヒコ」の訓で一致しているのですが、古事記に「神倭伊波礼毘古」とあることから「カムヤマトイハレビコ」が正しい読みだということになり、今では日本書紀の文にも古事記の訓が振られています。このような例は枚挙にいとまがありません。

＊

　国学が神道の神話に与えた影響は訓に留まらず、神話の内容そのものにも及んでいます。例えば、古事記に収録されている「玉櫛姫を見初めた大物主は、姫が大便をしているときに矢に変身して下水溝を流れ、大便中の玉櫛姫の陰部を突いた」という気持悪い挿話は、江戸後期まではほとんど誰も聞いたことの無い話でしたが、今では日本の神話の正統として権威付けされています。天鈿女が岩戸の前で舞う場面も、世阿弥が猿楽の起源とした幽玄な趣の舞いではなく、胸を見せながらふざけた踊りをして神々を大笑いさせたという方が今では正伝ということになっています。こうした神話の改変から生まれた「下品で滅茶苦茶なものこそが本来の姿であり、美しく整っているものは後付けのうわべなのだ」という考え方は、現代の日本文化にまで悪影響を与え続けているとは考えられないでしょうか。少なくとも、そのような神話観の変更を世に広めた張本人である宣長が古事記の記述を根拠に「善き悪しき御(み)うへの論ひ(あげつら)をすて、ひたぶるに[天皇を]畏み敬ひ奉仕(まつろ)ふぞまことの道にはありける」、つまり「善いことか悪いことかなどいちいち考えず、とにかく天皇の言うことには全部従え」という教条を打ち出したことは、後の大日本帝国の文化に多大な悪影響を及ぼしたと言えるでしょう。

＊

　本作品は明治維新以来もしかしたら初めて、古典主義の立場から真淵、宣長、篤胤などの国学者たちの教条を否定する文学作品です。そのため、神々や登場人物の名前などはなるべくもとの古訓の形に戻し、古事記や古事記伝からの汚染を取り除くことに努めました。また数々の異伝をひとつの筋が通った物語にまとめるためには、宣長ではなく北畠親房の言葉に従って、日本書紀、先代旧事本紀、古語拾遺の三書を参考にしました。

　本作の目的は国学の教条を繰り返して国粋主義を煽ることではなく、むしろ国粋主義の元となった国学の古事記原理主義を終わらせ、国学によって捻じ曲げられる前の本当の日本神話を蘇らせることによって、神々とこの国の間の絆を回復させることなのです。

＊

　建国神話を題材にしているからといって必ずしも国粋主義に迎合した作品ではないということは、上記の説明で少しはご理解いただけたかと思います。あるいは日本の神話を専門に研究されてきた学者の方々の中にはこのような試みに眉を顰める方もいらっしゃるかもしれませんが、学者の世界では絶対に許されないようなことが許されるのも詩の醍醐味と思っていただくほかありません。

　古代からの叙事詩の伝統に従って、この詩も神に祈りを捧げるところから始めました。実際に神による導きがあったかどうかは、本文をご覧になってお確かめください。

　　　　　　　　　　　　　　　二〇二四年　皐月の雨の日に

国始事

第一部

　験(しるし)うつなき住吉の大明神よ、いざわれに
歌はせたまへ、いかにしてこの天地(あめつち)が開闢し、
神たちが生(あ)れ、敷島の大和が生まれ、その島を
大己貴(おほあなむちのかみ)神ぞ平(む)け、天孫(あめみま)ぞ継ぎましゝかを！

　古(いにしへ)、いまだ天地(あめつち)は別れず、陰陽(めを)も分かたれず、
すべて渾沌(まろか)れたることはあたかも鶏(とり)の子のごとく、
何もくゝもりしかど、その内に牙(きざし)を含めりき。
澄(あき)みて明らかなるものは薄み靡(かすなび)きて天(あめ)となり、
重く濁れるものはその下に淹滞(つゞ)ゐて地(つち)となる。
精(くは)しきものゝ合ひたるが群がることはいと易く、
濁れるものゝ凝(こ)りたるが固まることは難(かた)ければ、
天(あめ)がはじめに成りて、そのゝち地(つち)が定まりしとや。
さればいよいよその中に神聖(かみ)なるものぞ生(あ)れしかも。

　初めに、いまだ洲壌(くにつち)が水面(みなも)に遊ぶ魚のごと
漂へりしころ、葦牙(あしかび)のやうなるものが生(な)りぬれど、
このもの國常立尊(くにのとこたちのみこと)に化はりましませば、
それに続きて生(あ)れますは國狭槌尊(くにのさつちのみこと)、また

次は豊斟渟 尊、乾の道より獨り化る
神たちにますゆゑにみな純 男を成します。
　されば続きて八柱の神たち生れて、その御名を
男神と女神埿土煑 尊と沙土煑 尊、
男神大戸之道 尊、女神大苫邊 尊、
男神面足 尊と女神は惶根 尊、
また伊奘諾と伊奘冉の尊とこそは申すなれ。
天と地との交じらひに生れませる神たちなりて、
男 女の対をなす。國常立の御代から
すべて合はせて数ふれば、これぞ神世七代かな。

　かく開けたる天地はされどもいまだ湧き出づる
雲に覆はれたりしかば、その有様は見え難く、
天と地とをつなぎたる天の浮橋なる橋の
うへに来ませる伊奘諾と伊奘冉はその八重雲を
見下ろしながら宣はく、「けだし底ひに地やある。」
天の御中にいますがる天祖におはします
國常立、さりければ、勅して宣はく、
「豊葦原の千五百秋瑞穂の地を在らしめよ。」
すなはち國常立は天之瓊矛といふ矛を
この伊奘諾と伊奘冉に授けたまひつ。二尊、
されば瓊矛を浮橋のうへから下へ差し入れて

絶えず湧き立つ白雲の底をこそ搔きたまひたれ。

今しもこゝに矛先の滄溟(あをうなはら)に触れたれば、

刃(は)より滴(したゝ)る潮汁(しほじる)ぞ凝(こ)りて島にし成りたるが、

垂れたる潮がおのづから凝りて成りたる島なれば

これを磤馭慮島(おのころじま)といふ。さて、出で来たるこの島に

天之瓊矛(あまのぬほこ)をさし立てゝ、そを国中の柱(くになかのみはしら)に

化竪(みた)てたまへば、二尊(ふたみこと)いよいよ共にこの島に

天降(あまくだ)ります。伊奘諾と伊奘冉、こゝに柱(みはしら)を

片や男神は左から、片や女神は右からと

ともに巡りて、いちどきに一つおもてに会ひたまふ。

されば男神は唱へます、「あなうれしゑや、われはかく

うまし少女(をとめ)に遇へるかも。」されば女神も唱へます、

「あなうれしゑや、われはかくうまし少男(をとこ)に遇へるかも。」

　かくてめでたく二尊夫婦(をとめ)となりて国土(くにつち)を

産(こ)みたまへり。まづ始め胞(え)として生まれたる洲(しま)は

かしこき神の御心に惜しくも適はざりしかば、

「これは吾(あ)が恥(はぢ)ならん」とて、淡路(あはぢ)と名づけたまひたり。

次に生みます大日本豊秋津洲(おほやまとゝよあきづしま)。その次に

伊豫二名洲(いよのふたなのしま)。次に筑紫洲(つくしのしま)を生みませば、

次にふたごに生みますは億岐洲(おきのしま)、また佐度洲(さどのしま)。

次に生みます越洲(こしのしま)。次に大洲(おほしま)。その次に

吉備子洲(きびのこしま)を生みませば、大八洲(おほやしま)みな揃ひたり。

第一部　　21

對馬嶋や壱岐嶋などの小島はすべてこのときに
水沫あるいは潮沫が凝り固まりて成れるなり。
　次に海、川、山を生みます。さればその次に
木々の祖たる句句廼馳を生みまして、山や野原に
木々も生ひ出づ。その次は草の祖たる草野姫
または野槌を生みまして、宣はく、「われ既にして
大八洲なる国を生み、山川を生み、木々を生み、
草も生めれば、など天の下の主をや生むまじき。」
かくしてこゝに二尊、日の神を生みまつります。
この神こそはこの国をあまねく照らしおはします、
皇尊の祖たる神、天照大神ぞ。
この御子、光華うるはしく、天地四方のくまぐまを
照らしまします。二尊、いと喜びて宣はく、
「わが子の多にあるとても、これほど光華うるはしく
霊に奇しき児はあらず。これを久しくこの国に
留むべきかは。速やけく天に送りて、授くるに
天上の事なむ以ちてせむ。」天と地とはまださほど
遠からぬものなりしかば、すなはち天柱を
もちて天上へと挙ぐ。次に生みたまへる神は
月讀の神。その光、彩しきこと日に次げば、
ともに並べて治せとてまたも天へと送ります。
次には蛭兒。三歳にもなりぬれどなほ脚立たず、

天 磐櫲樟船といふ樟の舟へと載せませば、

風のまにまに放ち棄つ。次に生みましたる神は

猛き男神の素戔嗚尊と申す神なれど、

この神、勇悍くして残忍なることあり、いつも

哭泣ちては止みもせず、民の命を果敢なくし、

山の緑を枯らします。されば伊奘諾と伊奘冉

勅して宣はく、「汝、はなはだ無道し。

などて汝がこの天の下にて君となりぬべき。

とく根の国に罷るべし。」故、素戔嗚を遣らひます。

　しかして後に伊奘諾の国を眺めて宣はく、

「わが生める国、朝霧の霞み漂ふのみに見ゆ。」

すなはち霧を払はんと吹きます息、神に化為る。

号けて級長戸邊または級長津彦命にて、

風の神とぞ世に言ふはこの神にこそおはしませ。

しかれば次に伊奘諾と伊奘冉、飢しかりし時、

さらに女神を生みましき。倉稲魂命なり。

これ穀物の神にて、稲の御霊にましますに、

稲荷さまとも申したり。かやうに数多神等の

生れましのち、伊奘冉はさらに火の神軻遇突智を

生みたまひしが、その時に、軻遇突智熱くいますゆゑ、

御身が焦かれて、病み臥やし、悶熱ひ、懊悩みしたまひて、

神去りまさんほどなりき。されども「かゝる悪しき子を

第一部

生み置きて去るものかは」と伊奘冉終に生みます子、
埴山姫は土神、また水神罔象女。
「もし軻遇突智の荒立たば、これらに鎮めさせよ」とて、
宣ひ置きて、伊奘冉は神去りましき。伊奘諾の
恨みたまひて宣はく、「いかすべき、このひとつ児ぞ
美しかりしわが妹に替はりけるかも。」枕辺に
伏し、足元に匍匐ひて、伊奘諾いたく泣きまどひ
悲しみたまひしかば、その涙が雲の合間より
ひとつぶ堕ちて、香具山の畝丘に立てる樹のもとに
至りて神に化はります。啼澤女命なり。
こゝに伊奘諾さしぐみに十握剣を抜き放ち、
この軻遇突智をつだつだに斬りて三段に為したまふ。
されば三段に斬られたる身もみな神に化はります、
すなはちそれは一段が鳴り渡る雷神、
また一段が山々を領らす大山祇神、
さらに残れる一段は龍に化はりて、これ高き
嶺にて雨を司る龍神、高龗なり。
さらに剣の刃先から滴りし軻遇突智の血が
天の河原に飛び散りて、磐石を血に染めしかば、
これ磐裂神と化り、さらに根裂神と化る。
さらに剣の鐔より激越きたる血も神と化る、
いち速き刃の守り神、稜威雄走神なり。

さらに剣の頭より激越きたる血は仄暗き
水辺にいます三柱の水神へと化はります。
まづ龍神闇龗、深き谷間の川にます。
次に闇山祇の神、深山の奥におはします。
さらに闇罔象は谷の泉にいます女神とぞ。
　かく伊奘諾はその御妻を失ひたまひたりしかど、
愛しき妹の面影をいかでか一目また見んと
そと御殿を出でまして、暗くさびしき下方まで、
黄泉の国までおはしたり。されば伊奘諾、かしこにて
御妻の寝したる御棺を収めまつれるとぞ見ゆる
殯の宮を見そなひて、御妻の御名を呼びたまひつ。
さればみづから宮の戸を開きたまひて、おづおづと
生けりし時のま、愛しく懐かしき御妻伊奘冉ぞ
夫君のことを出で迎へたまへる。黄泉の薄闇に
かく伊奘諾と伊奘冉はしばし相語りたまへり。
されば伊奘諾宣はく、「愛しき汝妹よ、いま独り
われは汝を悲しみてこゝまで来たり。きよらなる
吾妹よ、われと汝とが作れる国はまだ成らず。
などて続きを造らずや。いざいざ、われと帰るべし。」
されば伊奘冉宣はく、「わが夫君よ、何ぞかく遅き。
黄泉の竈からわれ既にものを食ひたり。それゆゑに
今からはえも去りがたし。いと惜しけれど、わが夫君や、

第一部

帰りたまはな、われも今まさに寝休むべきなれば。
行きたまへ。ゆめ振り向きてわが有様をな見ましそ。」
宣ひたれば、伊奘冉は殯(もがり)の宮の暗闇の
奥へ再び入(い)りまして、宮は静まり返りたり。
黄泉はいよいよ暗くなり、何もおぼつかなかりしに、
殯(もがり)の宮の戸はいまだ開(ひら)きたるまゝなりしかど
その内は見え難かりき。されば伊奘諾、惜(を)しけくも
離(はな)るゝほかに術(すべ)なしと思ほして、そと戸口から
去りかけたまひたるが、ふと愛(かな)しき御妻(みめ)の面影が
浮かべれば、たゞひとたびの終(つひ)の別れの名残にと
左の側の御鬘(かはみづら)に挿したりし湯津爪櫛(ゆつゝまぐし)の
雄柱(ほとりはか)を折き、火を点(さ)して、つと振り返りましゝとぞ。
ゆらめく秉炬(たひ)の一片之火(ひとつひ)を明(あ)かく掲げて伊奘諾が
暗く静まり返りたる宮へと入(はひ)りたまへれば、
照り出だされし伊奘冉の姿はされどゆぶゆぶに
脹(は)れ、太高(たか)ひ、膿(う)み、蛆蟲(うじむし)が体中(みなか)から湧き出でたりし。
伊奘諾いたく驚きて、宣はく、「あゝ、われ知らず
かくも汚穢(きたな)く忌まはしきところへ来けり。」肝消ゆる
ほどに慌てゝ殯(もがり)から逃げたまへれど、「契りたる
ことのありしをなにゆゑに破りてわれを恥(は)ぢしむる」
とて伊奘冉は八人(やつひと)の泉津醜女(よもつしこめ)を遣はして
後から追はせまつります。十握剣(とつかつるぎ)をまた抜きて

そを背に振りながら、伊奘諾がまず御鬘を
飾れる黒き鬘を投げたまへれば、やがてその
鬘は葡萄へと化はりて、醜女これを食む。
食み終へてまた追ひ来るに、次は伊奘諾、歯を欠くる
湯津爪櫛を投げたまふ。これ筍に化はる。また
醜女どもこを抜き食みて、さらに追ひ来るやうなれば、
伊奘冉もその後ろからみづからおはしましたれど、
この時すでに伊奘諾は黄泉とこの世の境目の
黄泉平坂なる坂に着きたまへれば、黄泉の門の
前に千人所引磐石を置き、道を塞ぎて、磐石ごしに
つひに御妻たる伊奘冉へ絶縁之誓を渡したまひたり。
されば伊奘冉宣はく、「あゝ、愛しきわが夫君よ、
かく宣はゞ、われまさに汝が治す国民を
一日に千人殺してむ。」されば伊奘諾宣はく、
「然ば、愛しきわが妹よ、われは一日に産ましめん、
千五百の国民を。」伊奘諾さらに「此の方を
な越え来そ」とて、三柱の神を生みます。まづはその
杖を投げて、この杖、道の境にいます神
岐神になる。さらに次は帯を投げたまひ、
これ長道磐神になる。履をも投げたまへれば、
これ道敷神になる。道を塞げる大磐石は
つひに泉門塞之大神となり、現し世と

黄泉の境をとこしへに分かちまします。さりけれど、離れたまひてしものながら、え去り給ひ難かりけむ、伊奘諾はなほ黄泉の門のほとりにまして、宣はく、「家族を偲び悲しむはたゞわが弱さなりにけり。」さればこの時、ふと菊理媛神なむおはしまし、然る伊奘諾に御妻からの御言を伝へまつります。されば伊奘諾、このことを褒めて散去け給ひつ。

斯く夫婦にまし、伊奘諾と伊奘冉の離れたまへれば、黄泉に留まり在すがる伊奘冉をけふ人々は黄泉津大神とも申す。骸は紀伊の熊野なるところに葬られければ、かの土俗はちはやぶる神の御魂に春秋と千種の花を奉り、鼓を叩き、笛を吹き、歌ひ、舞ひして祭るなり。

　黄泉の国から出でましゝ伊奘諾は「あゝ、われはいな凶目き国を訪ねけり。かゝる穢れをわが身からすゝぎ去るまじからめや」と宣ひたるに、筑紫なる日向の小戸の橘の檍原へとおはします。勅して宣はく、「黄泉穢を禊ぎせむ。されどもこゝの上瀬は禊ぎするためには速く、また下瀬はあまりにも弱し。」すなはち伊奘諾は中瀬になむ濯ぎして、この中瀬に生みますは

禍の力を司る八十枉津日神にます。

されば伊奘諾枉れるを矯さんとなむ思しけむ、

次に生みます神たちは、まづは神直日神と

次に大直日神の二柱なり。次はその

海に沈きて底ひにて濯ぎたまひて、生みますは

底津少童命と申す海底の神、また

底筒男命なり。次に伊奘諾、底ひから

潮の中へと入りまして、そこに濯ぎて生みますは

中津少童命と中筒男命なり。

さらに伊奘諾その潮を出でまして、その上に浮き、

潮の上にて濯ぎつゝ、因りて生みます神たちは

表津少童命と表筒男命とや。

これらをすべて合はすれば九柱の神なれど、

中にも筒男と申す三柱はあの住吉の

大社なむ祭りたるかしこき神と御名高く、

言の海を行く舟も導く歌の神にます。

また少童の三柱は海を知らすに頼もしく、

これは安曇の連らが志賀島にて祀ります。

　帰りたまひし伊奘諾に御子素戔嗚の宣はく、

「勅承れば、とく根の国に罷りなむ。

さりけれど、われその前に申し受くべきことぞある。

第一部　29

こゝを罷でゝ、この地の遥けき底に隠れたる
あらゆる罪と穢れとが吹き溜まるあの常闇に
永久に罷らん前にたゞひとたび姉しに
相見えんと欲ふなり。」聞こしめしたる伊奘諾は
勅して宣はく、「さらば罷でよ。」さりければ、
いざ天照大神のいます天上へと素戔嗚が
昇りまします。伊奘諾は然る御子を見そなひながら
その神功の終はれるを悟りたまひて、御殿を
また独り出でましたれば、いづこか知れぬところへと
隠れたまひつ。一書によれば天上へと帰られて
天祖に報命申したまへるのち、そこへ
日の少宮といふ小さきお宮を建てゝ、日神の
光も遠き天の端にしばし住み給ひけるとぞ。
また別の一書曰く、淡路の国にひそやかに
幽宮を造られて住み給ひけるとも言へり。

　さて素戔嗚が天照大神に相見えんと
果てなき天の浮橋を行きたまへれば彼方此方の
波ぞ騒ぎて、たちまちに四方に広ごる大海は
暗き嵐に荒れ狂ひ、風は谷間に吠えながら
花を散らして吹きすさび、木々は枝葉を逆立てゝ
声の限りに泣き喚き、その轟きが雲居まで

響けるに、そを聞こしたる日神の驚かれつゝ
宣はく、「このおとなひは蓋しく弟ぞ来たるらむ。
かれ性悪しく心根の恣なるものなれば、
いかでかは善き心もてわが日の宮へ参らめや。
けだしくはかれこの天の国をわれから奪はんと
思ひて来るか。父母ぞわれら諸々の
子らに言寄せしたまひておのおの治むべき国を
持たしめ給ひたるものを、なにゆゑにその御言葉を
棄てゝこの日の宮へ来る。」されば日神おごそかに
髪を結げて髻にし、裳を縛りて袴にし、
玻璃や瑪瑙や碧玉や瑠璃の勾玉管玉が
五百箇連なる御統を七色にきらめかせながら
髻鬘また腕に纏ひ、背に靫を負ひ、
臂に高鞆を著き、弓弭を直く振り起こし、
剣の柄を急握り、宮の御庭に出でたまひ、
堅庭を股に踏み、雪のごと蹴ゑ散かし、
稜威の雄詰を奮ひて、噴譲を発したまひたり。
されば谷間を吹きすさび木々を引き裂く風は止み、
絶えず巌に砕け散る荒磯波も凪ぎわたり、
静まり返りたる空のうへに輝く日の宮に
素戔嗚つひにおはします。「汝、なにゆゑこゝへ来る」
その御佩刀と御弓を構へたまへるまゝ、強く

日神詰りたまひたり。素戔嗚の答へたまはく、

「われに黒き心なし。などや斯様に構へます。
すでに父母の勅承れば、
疾く根の国に罷りなむ。かく天に参上れるは
別れの前にたゞ一目姉に見えんと
たゞその思ひのみのこと。それゆゑ深き雲霧を
踏み分けながら遥々とこゝまで参り来たるなり。
怒りたまはむとはかつて思はざりにしことなるに。」
されば日神また問ひて宣はく、「など信ずべき。
まことに心清からば、今こなたにて証すべし！」
強き御声ぞ轟きて、日の眩しさは大空の
青を束の間赫々ともて消つごとくなりしかど、
つゆ身じろがぬ素戔嗚ぞゝれに答へて宣はく、
「姉よ、されば請ふ、今よりともに誓約せむ。
誓約をしたる中にてそれぞれ子を生みぬべし。
もしわが生まむ子のみな女なりなば、これまさに
濁き心ありといふ証しなるべし。打ち返し
もしみな男ならば、わが心清しと思すべし。」
「宜なり。さらば携ふる十握剣をこゝへ置け」
とて仰せつけられたれば、素戔嗚これを引き抜きて、
うやうやしくも日神の御前に捧げたまひたり。
されば日神、剣を御手に取りあげ、迷はずに

刃を打ち折りて三段にし、そのひとかけを澄み渡る

天真名井の清水に振り濯げれば、滴れる

青き雫のつめたさのまゝに御口に含ませて

そを噛み砕きたまひたり。されば日神、中空へ

きらめく霧を吹きまして、霧の中より生れますは

田の面にかほる霧の神、田心姫なる女神とや。

またひとかけを取り、水に振り濯ぎ、そを噛み砕き、

ふたゝび霧を吹きませば、生れます神はまた女神、

逆巻き激つ水の神湍津姫なり。さるにまた

ひとかけを取り、振り濯ぎ、噛み、霧として吹きませば、

つひの霧から生れますは市杵嶋姫なる女神。

道主貴とも申すこれ三柱の女神なり。

さる神たちの生れますを見そなひたりし素戔鳴は

「姉よ、次はこのわれこそが生むべきなれば、

その御統を賜はな」と請ひたまひたり。日神の

髻鬘また腕に纏はりながらきらきらと

輝けるその御統をほどきて賜ひつれば、そを

素戔鳴もまた清水に振り濯ぎたまひたれども、

やにはにそれを荒けなく御口に含みたまへれば、

齚然みに咀嚼みて吹きたまふ霧より生れし神たちは

まづは天祖にいます天忍穂耳尊、

次に天穂日命、また天津彦根命、

活津彦根命、また熊野橡樟日命なり。

すべて合はせて五柱、みな男神にましますに、

日神、それを見そなひて宣はく、「かく男神が

生れたるうへはこの誓約、汝の勝ちと見るべきか。

されども斯かる神たちもその物根を尋ぬれば

汝の嚙みし御統は元はわが物。またわれが

嚙みし剣もこれ元は汝が物ぞ。さりければ、

男神たちはことごとくわが子と、女神たちは

汝が子と見なすべし。男神たちはこのわれが

天の原にて養はむ。女神たちは誰もみな

筑紫国へ降らしめ、人に社を建てさせて

祭らせよ。」かく宣へば、男神たちを伴ひて

み空の果てに隠れたる暗く静けき夜殿へと

日神帰りたまひたり。されば素戔嗚、三柱の

女神たちを筑紫へと天降らしめたまへれど、

さてみづからも罷らんと思し定めしときにふと

つひの名残りの一瞥と天上を振りさけ見たまへり。

されば輝く日神の影が遠のきゆくほどに

空もやうやう褪せゆきて、やがて日影の残り火が

天の端からも消えしころ、にはかに澄める夜空には

数限りなき星々の瞬く影ぞ満ちたりし。

「天上はいかにも美しき。」素戔嗚はたゞ然つぶやき、

いざ罷（まか）らんと思（おぼ）せれど、そのときにふと根の国の
暗さに思（おぼ）し至りたり。「かく美しき星影も
根の国からはつゆ見えじ。涼しき風も広ごれる
雲の平野（ひらの）も、星屑の寄する河原も、ことごとく
われの行くべき常闇の国にはあらじ。たゞ寒く
しづけき夜にかぎりなく世の人々の犯したる
罪の穢れがおぞましき尿糞（しとくそ）のごと流れ入（い）る
悲しき永久（とは）が待つばかり。いかなりぬべき、つひに然（さ）る
常夜の君となりたらば……」素戔嗚うらみたまへるに、
東の空にゆくりなくさやけき影ぞ現れし。
「やれ、あの影は兄　尊（このかみのみこと）なるべし。もしわれが
まだ根の国へ罷らずにいさよひたるを見そなはゞ
いかに思（おぼ）さむ。」慌てたる素戔嗚はきとかたはらの
星の林に分け入りて隠れたまひつ。月讀の
神は凛々しく、卑しきや穢らはしきを貶（おとし）むる
明かき御目にて射干玉の夜更（ぬばたま）けの国を守りつゝ、
御佩刀（みはかし）を帯び、青白き舟（みふね）に乗りて出でましつ。
息を殺して素戔嗚ぞゝれを覗き見たまへれば、
やがて舟（みふね）は月讀の神を運びまつりながら
雲の彼方に隠れたり。そのけがれなき航跡（ふなあと）が
やがて薄れて消えしとき、おそれおそれに素戔嗚は
星の林を出でまして、月讀の去りましゝとは

第一部　　35

異なる方へ行きましき。そこらは天の御田なりて、こちたきほどの星影が映るあはひをいづかたへ行くとも定めたまはずに歩まれながら、素戔嗚はたゞ兄君の御影をば思し出でたり。「この天上がかく美しきものなれば、天上にましますこの兄の尊もまこと麗しく、姉の尊の日の宮も高敷かれけり。かくあるが天なるものか。これこそがこの素戔嗚の在るまじき光の国か。素戔嗚はこゝにふさはしかるまじといふ御心か。父母の尊はかつてこのわれを姉の尊や兄の尊のごとく愛しみたまはざりけり。はじめからわれの泣きいさちしゆゑに悪しきものとて天上に、いな天下にも住むまじきものとて遣らひたまひてき。もとよりわれは父母の思し宣ひし御言葉なれば、背かんと思ひだにせず。また先の誓約の示したるやうに、心も清し。もしわれの歩みに風が乱るとも、その風が木を吹き倒し、海を狂はせ、山川を崩すとも、そはうつたへにわれの心に邪のあるゆゑならず。われはたゞかく生まれたり。いかほどに清き心を持ちながら歩むとも、なほ風は荒れ、家は倒され、人は死ぬ。このことがもし罪ならば、などわれをかく生みたまふ！

悪に生まれしものがゝく苦しむべきと宣はゞ、
悪を生みたるものたちの為しゝ罪こそいかなれや！
天上（あめ）はまばゆく、国々は実りに満てり。なにゆゑに
世は天（あめ）と地（つち）のみならず底の穢れも含むべき……」
かく素戔嗚の行きたまふほどに激しく風が吹き、
瞬く星も黒雲にいつしか隠れたりしかば、
通りたまひし畦道も毀（こぼ）れたりけり。「これもわが
罪とかはなる、われはたゞ罷らん前の名残りにと
歩みたりしが！」素戔嗚が苛（いら）ちたまひて田の溝を
蹴りたまへれば、いと易く崩れて溝は埋まりたり。
今し嵐は吹き荒れて、雨も混じれば、はしたなき
水に溢るゝ懸樋（かけどひ）をちぎりて下に叩きつけ、
田に串を刺し、積まれたる種子（たね）の袋を田の上へ
打ちまけ給ひたりしかど、さる時にふと素戔嗚は
闇のかなたに斑駒（ふちこま）を見つけたまへり。「怪しむな、
めでたき駒よ。このわれはあながち悪しきものならで、
あの天照大神の弟（せうとのみこと）なり。などて
恐れ疑ふべからめや。」素戔嗚はその斑駒（ふちこま）に
寄りたまひつゝ宣へり。斑駒はさね動かずに
弱くなりゆく雨風の中にしづかに立ちたりき。
「さぞ強からん、汝（な）が脚は！　佇む様ぞ頼もしき。
いかゞせむ、この素戔嗚の神はしばらくこの天上（あめ）を

遊びめぐらんとぞ思ふ。汝の望まばかしこくも
わが馬として使はすぞ。明かき日月の神たちの
知り得ぬうちに、いざ共に心置きなくこの天上を
駆け巡りして、星々の原の果てまで見に行かん！」
かく宣ひて、素戔嗚は馬のもとまで寄られつゝ
御手を伸べたまへれど、いざ馬の頭に触れなんと
せられしときに、斑駒がつと退きし。「斑駒よ、
などや恐るゝ！　怖づることなかれと先も言ひたるが……」
素戔嗚がまたその御手を伸べたまへれば、また馬は
退けり。「など怯ゆる……」と宣ひながら素戔嗚は
また寄りたまひたれど、ふとそのとき馬のまなざしが
暗く光るを見そなへり。それは今までひとたびも
見そなはざりし光にて、御手を伸ぶれば伸ぶるほど
暗く光りぬ。素戔嗚は言はむかたなき慄きを
覚えたまひぬ──その馬の眼の奥に光るもの、
それは蔑みなりにけり。物しきものを見るやうに
うつろに睨みながらその馬は気高く立ちたりき。
「われを乗せぬか、斑駒よ。天上に飼はるゝ斑駒は
底の神より畏きか。またこの夜の明けたらば
姉がためにまた汝も輝く稲を負ひ、
雲間の道を行かめども、やがては底の根の国に
下る定めの素戔嗚を乗せて夜空を行くことは

さほどの恥か！」宣らせるやいなや矢庭に素戔嗚は
佇む馬に飛びかゝり、力のまゝにねぢ伏せて、
暴るゝ馬の首をいや逞しきその御腕にて
締めあげ、つひにその馬を縊りたまひつ。「愚かなり、
もしこのわれを侮らず乗せてましかば、共々に
今ごろ天(あめ)の果てまでも駆けましものを！」赤黒き
血を吐きながら横たはる馬の頭を搔き摑み、
眼(まなこ)に御手をかけたればば、素戔嗚、それを一息に
抉(くじ)りたまへり。さりければ、尻の穴から皮を剝ぎ、
蹄(ひづめ)を剝がし、たてがみを毟り、つひにはおぞましき
肉塊(しむら)にして田の上へどうと投げ捨てたまひたり。
されども、けだしそれにては治め難かりけむ、しばし
思し入りたるあと、ふいにその屍の脚を持ち、
天の雲路に血の跡をつけながらそを引きずりて
天(あめ)上をさまよひたまひしが、ふと日の宮のほとりにて
明かりの洩れる殿(みあらか)を見つけたまひぬ。かたことゝ
音も漏るやうなりしかば、素戔嗚はその殿(みあらか)の
内を窺ひたまひたり。さればそこには独りきり
いと美しき乙女子ぞ和妙(にきたへ)を織りたまへりし。
こは稚日女(わかひるめの)尊(みこと)と申す女神にましゝかば、
織りたまへるは清らなる神之御服(かむみそ)なりき。素戔嗚は
あから目もせず布を織る乙女子のまめなる様を

しばらく独りひそやかに外から覗きたまへれど、
にはかに馬の屍を持ち上げたまひ、機殿に
がはと投げ入れたまへれば、屍は機を割り、
神之御服に血をなすりつけ、うら若かりし姫神も
梭にて御体を痛められ、ゆゑに神去りましヽとぞ。
素戔嗚はその機殿を離れましヽかば、新嘗の
宮へおはして、戸に糞を塗りたまひたり。
　　　　　　　　　　　　　　　　東雲の
明くるよりまた天照大神の出でましヽかば、
その有様を見そなひて、宣はく、「こは何事か。
宮は汚され、田は崩れ、わがいとほしき織姫は
神去りにけり。これらみなあの素戔嗚のせしことか。
あヽ、誓約など何なれや！　果たしてあれの心根は
濁かりけり。父　母の宣らす御法には
誤りなしと知りながら、うらなくかヽる禍を
招き入れにき。素戔嗚よ、いかに汝が妬むとも
天は根の国にはならず、いかほど天を穢すとも
根の国はさね清まらぬ。あヽ、愚かなるわが弟よ、
かくまでわれを羨むか、天の荒るヽを願へるか、
畏れ多くも父　母が法に逆ふるか！
宜なり！　おのが身を知らず定めを拒む荒神よ、
この日神が慭まばいかなるべきかとくと見よ！」

怒りたまへる日神ぞ天の岩窟(いはや)に入(い)りまして、
磐戸(いはと)に御手をかけてそを引きたまへれば、そにつれて
明(あ)かき光を浴びたりし木々の梢は翳りゆき、
輝きたりし海原をか黒き影ぞ覆ひゆき、
広ごる原も、野の花も、聳ゆる山も、谷川も、
あたかもすべて喪に服し、暗き思ひに沈むごと、
みな底知れぬ常闇のとばりの内へ沈みたり。

　　文目(あやめ)も知らぬ暗闇が天地(あめつち)をみな押し包み、
昼と夜との分け目さへ見えぬごとくになりしかば、
世は妖厄(わざはひ)に満ち溢れ、狭蠅(さばへ)のごときぞゞめきが
うちはへ止まず、神たちも惑ひふためきたまひしが、
かゝる地(つち)から離れたる遥けき天(あめ)上の高みには
闇の中にもしらしらと清けき星に満ちながら
天の河なむ流らへて、八洲の河原がその河に
沿ひて広ごりたりし。　　さて、高皇産霊(たかみむすひ)と申す神、
天地開闢(あめつちひら)けたる時に神たちの生(あ)れましゝかば
生成(うま)るゝ力そのものが神となりたる神なるが、
八洲の河原にこの神が灯(ともしび)を点(さ)しましまして、
仰せ出(い)ださく、「天地(あめつち)に満つ神たちよ、聞こしめせ、
かの天照大神ぞ岩窟(いはや)に隠れたまひたる！

日神空にまさゞらば何かは国を照らし得む、

とこしへに出でまさゞらばやがてこの世も滅ぶべし！

集ひ来たまへ、神たちよ、八淵の河原のこの岸に、

いかにしてあの岩窟から日神に出で給はむか

申し合はさん！　いざたまへ！」しかれば厳きその声は

天地四方に轟きて、聞きつけましゝ神たちが

森から、山の麓から、海から、川の淵瀬から、

雲から、田から、祠から、次々と現れまして、

ひと柱、またひと柱、八洲の河原の岸辺まで

集ひおはせり。その数は八十万とも言はれたり。

大きなる神、小さき神、男神、女神に物の神、

ありとあらゆる神たちが高皇産霊の点しまし

灯の火に照らされて天の河原におはせるに、

高皇産霊の宣はく、「さて、この度は素戔嗚の

尊が荒き御仕業に天上ぞ乱れて日神ぞ

怒りいませる。常しへにこの暗闇の永らはゞ

世は滅ぶべし。御怒りを宥むる術をもしわれら

神たるものゝ知らざらば、誰かはほかに知り得べき。

いざ考へを宣りたまへ。」されば神たちいちどきに

思ひを聞こし合はさんと語らひはじめたまひしが、

力の神が力づく引かば開かむと宣へば

工の神は戸に梃子を用ゐてみんと宣ひて、

いなそれよりも国に火を放ちて天(あめ)を焼かんとて
燃ゆる腕(かひな)を山焼けの神が示せば、それよりも
天(あめ)を水にて満つべしと水の神なむどうどうと
流るゝ滝を見するなど、誰もおのれの司る
力こそこの困難(わざはひ)を治むべけれと思(おぼ)したる
ゆゑに譲らず、考への合はざりしかば、いつしかと
語らふ声も静まりて、たゞ難しき面もちの
まゝに万(よろづ)の神たちぞ黙(もだ)しおはせし。神たちを
河原に集めたまひたる高皇産霊(たかみむすひ)も天の戸を
開(あ)くべき術(すべ)やあらざると思(おぼ)し頰(くづほ)れいましゝが、
その時ふいに神たちの御座(おは)し合ひたる後ろから
しづけき声ぞ聞こえたる、「われに考へひとつあり。」
八十万(やそよろづ)なる神たちの皆がら後(あと)を振り返り、
見そなひしかば、遥かなる八洲(やす)の河原のいや果ての
岩のひとつに一柱(ひとはしら)神ぞ坐(ま)せりし。この神ぞ
高皇産霊(たかみむすひ)の御子(みこ)、深く慮(たばか)り遠く惟(おもひみ)る
思兼(おもひかね)なり。八意(やごろ)のこの神、立ちて宣はく、
「群神(もろがみ)たちよ、いざ聞こせ。この常闇を晴らすには
まづは常夜を打ち払ひ、夜明けの風を招かねば。
しかればまづは常世から鶏(ながなきどり)を集むべし。
長鳴きさせて曙(あけぼの)を催さん。またそのうちに
よく茂りたる樹を取りてこゝへ持て来て植ゑつべし。」

これを聞こせる中臣 連が遠祖の神
天 兒屋 命、また忌部が遠祖にます
神、太玉 命らはさやうなる樹を見出ださん
として出でましかけしかど、八意を持つ思兼
さらにも思し入りしかば、その神たちを呼び止めて
宣はく、「かの日神の象を映し得るものを
業ある神に造らせん。これを用ゐて日神を
ふたゝび天の表へと招禱きまつらむ。」さりければ、
天 糠戸 命の子、鏡 作の遠祖
石凝姥 命なむ「わが造らん」と宣ひし。
三柱のこの神たちは然れば天の香具山に
ともに行き着きましまして、天 兒屋と太玉が
大き五百箇の眞坂樹を根抉じ掘りいませる間、
石凝姥は坑道にて銅を採りたまひたり。
さて、三柱の神たちが天の香具山から帰り、
銅もふさ採れしかば、八意を持つ思兼、
石凝姥を治工にし、すなはち天の河原にて
天 堅石を採らしめ、真名鹿を全剥にせしめ、
その得られたる鹿皮と天 堅石を合はせて
炎に風を吹き入るゝ羽鞴を為させたまひたり。
斯く溶鉱炉に真金吹く炎なむ燃え初めたるに、
この溶鉱炉の火を守る眼ぞひとつありて、これ

天目一箇神なれば、八意を持つ思兼、
この神をして種々の鉄鐸や鏃、刀斧などを
鋳しめ、また石凝姥に採りたまひたる銅を
もちて日矛を鋳造らしめ、矛に茅萱を巻きつけて
邪風を打ち払ふ茅纏の矛を作らしめ、
さらに日神を象る鏡を鋳しめたまへるが、
この鏡、石凝姥の意に叶はざりしかば、
石凝姥ぞ次こそはいや麗しく造らんと
さらに鋳たまひたる鏡、この二つめの鏡こそ
まさに日影を象りて明かく澄みたる鏡にて、
これを真經津鏡、また八咫鏡とこそ申せ。
　かゝる間に太玉と天兒屋ぞ眞坂樹を
植ゑましゝかば、八意の思兼なむ太玉を
召して仰せし、「諸部神たちを率て、眞坂樹に
掛くる和幣を作らせよ。」されば長白羽神に
麻を種ゑしめ、こをもちて青和幣をば作らしむ。
また津昨見神をして穀の木をなむ種殖しむる。
木の一夜にて茂れいば、もちて白和幣を為さす。
天日鷲神をしてさらにも木綿を作らしむ。
天羽槌雄神にきらびやかなる文布を、
それから天棚織姫神には神衣を
織らしめたれば、櫛明玉神には八坂瓊の

五百箇御統の珠をば作らしむ。手置帆負と彦狭知には種々の量りをもちて、大峡と小峡から材を伐りて瑞殿を造らせ、さらに御笠と矛盾を頰縫ひに縫ひ作らしめ、また山雷に眞坂樹の八十玉籤を集めしめ、また草の神野槌にも河原に茂る野薦の八十玉籤を集めしめ、木綿を垂らして木綿四手を作らしむれば、すべてこの諸々の物揃ふかも。
　されば今こそ眞坂樹の上枝に五百箇御統の珠、中枝に八咫鏡、下枝に和幣青白を懸け、鶏を長鳴かせ、庭火を高く組みて焚き、与に祈禱を致します。天登りたる眞坂樹に五百箇の珠はきらきらと火影を受けて光れりき。されば神たち槽伏せて、ふみ轟かせたまひたり。庭火の影と槽の音幽く玄く混じりあひ、趣の妙なりしかば、猨女君が祖神の天鈿女命なむ即ちこゝに眞坂樹の鬘を被き、その御体に蘿を手繦として召し、茅纏の矛を取り持ちて岩窟の前におはしまし、巧みに舞ひて俳優を作すに、これ顕神明之憑談ます。
　さて、同じころ岩窟には隈無き昼の光なむ溢れ返りて、目も眩むほどの光の只中に

たゞ天照大神ぞ一柱のみましますに、
外の騒ぎを聞こしめし、怪しく思しめしたれば、
岩戸のふちにその明かき御額を寄せさせながら
思し疑ひたるに、「われ斯く閉ぢこもり居りたれば、
天の下みな闇となり、豊葦原の中つ国
必ず常夜為るらむと思ひたりしが、なにゆゑに
かく噱楽きたる。」日神ぞ岩戸を細く開けたまひ、
このことを問ひたまへるに、天鈿女の申したる、
「汝が尊よりさらに貴き神ぞいますがる。
みなこの神を崇むれば、歓喜び、咲ひ、楽ぶなり。」
「われよりもさらに貴き……」このとき神の御心に
惑ひの影ぞ差し入りし。日神、隅に退きて
心中に思ほさく、「否、われこそは雲居にて
四方に隈なく照り渡る神、天照大神ぞ！
わが影のもと果物も稲穂も実り、国民も
鳥も、獣も、虫さへも営みをするものなれば、
このわれよりも有り難き神などいかであるべきか！
光はこゝにあり！　天の岩窟の内に！　何者も
この輝きをわが身から奪ひ取るまじ！」さりけれど
覆槽の響きは尚更に高まり、天鈿女なむ
舞ひ給ひたる気配こそいよゝめでたく、にぎはしく、
外は笑ひに満ち満ちていと楽しげに聞こえたり。

「何をやかくも囂(えら)楽きたる、わが神たちよ……　原初(いにしへ)に
天祖(あまつみおや)の生(あ)れしより天(あめ)の御法(みのり)に乱れなく
今日まで続きたるものを、いかなる闇を神とする！
いかなる夜に隠れたる神や惑はす、汝(いまし)らを！
それともすでに世間(よのなか)や昼の光の確かさを
忘れて、朧なる夜の影のみをたゞ慕ふらむ……
あるいはわれの在らずとも、他に輝く神やある。
烏滸(をこ)がまし！　あゝ、さりけれどももしも真(まこと)に我よりも
貴(たふと)き神ぞありたらば？　もしその神の輝きの
わが光よりたゝはしく、美しく世に押し照りて、
人の心をわれにまだ知られぬ清き思ひにて
満て得るほどのものならば……　あな忌々し、忌々し！
いかなる神の出でぬとも、光は影に変はるまじ。
などて光と光とが互ひの敵(あた)となりぬべき！
もしわれよりも明(あ)かき日がわれに代はりて天(あめ)に照り、
その光にて神たちも国民(たみくさ)も事足るならば、
それもよからん！　照らば照れ！　もし天照大神が
岩窟(いはや)の底の灯火(ともしび)となるべきならば、然(さ)あれかし！
誰にも見えぬところにて光るとも日は光なり……
されど誰かは生める、その貴(たふとき)き神を。父母(かぞいろ)の
尊(みこと)はひとりわれのみを日の神に生みたまへるぞ！
この天照大神に勝る神など在り得めや！

否、否、敢へて信ずまじ、この眼にて見るまでは！」

かく天照大神は岩戸に御手をかけたまひ、

また少し開けたまへれば、外を窺ひたまひたり。

されば彼方の眞坂樹の中枝に懸けられし

八咫鏡ぞ日神を映して光り輝きし。

「あれやはわれに勝る神？……」怪しきものと思されて

さらにも見んとまた少し戸を開けたまひ、外側へ

いさゝかばかり日神の出でましゝ時、たちまちに

天手力雄神ぞ岩戸をがはと引きたまひ、

驚きたまふ日神の御手を承りたれば、

岩窟の外にひといきに出だし奉りたるとや。

あたかも夏の五月雨を集めて滾つ川波が

堰を砕きて溢れ出で、滝のごとくに迸り、

狂へる龍のごとくなる流れとなりてたちまちに

木々を呑みこみ、大岩も呑みこみ、ありとあるものを

おのが力の激しきに任せて流し去るがごと、

まさに然ごとく日神の光は闇を押し流し、

天地四方の隅々をまばゆきほどに輝かし、

花を笑はせ、海原を歌はせ、風を澄ませ、みな

万物が晴れ渡る大空に照らされたれば、

神たちこれを喜びて、誰も「天晴れ！」と宣へり。

また天照大神の光ぞ顔に照りたるに、

互ひの顔を見そなひて「面白し！」とも宣へり。
また神たちの手を伸べて舞ひ踊りして喜ぶに、
「あな手伸し！」とも宣へり。これらの言葉、代々を経て
今の世にまで伝はれり。端出之縄をもちてして
天兒屋と太玉の二柱ぞこの岩窟を
封鎖ひたまひしかば、共に請ひて曰さく、「日神よ、
許しましませ、汝より貴き神のあるなど、
嘘偽りを申し、を！　いかなる神か汝ほど
明かく輝き得る！　すべて汝の外へ出でまさん
やうにと思兼がよく謀り奉りしことになむ。
天照る神よ、願はくは複はな還幸りましそ。」

　しかして後に諸々の神たちかゝる災厄を
招きたまひし素戔嗚にすべての罪過を帰せたまひ、
千座置戸を埋むべき賠償を徴収りたまひたり。
されども神の富にても賠償ひがたかりけむ、さらに
素戔嗚はその髪の毛を毟られ、さらに手と足の
爪も抜かれて、やうやくに罪を贖ひまし、とぞ。
財を失くし、髪の毛を毟られ、爪を抜かれたる
素戔嗚、されば逐斥はれて、天上から地上へ堕ちたまふ。

いかほど眠りたまひけむ、素戔嗚の覚めたまへれば
そこは見知らぬ川なりき。人影も見えざりしかば、
たゞとほしろき水のみがどうどう流れゆきたりし。
「誰かはある」と素戔嗚の辺りを見そなはしたるに、
ふいに川上から箸ぞ一本(ひともと)流れ来たる。「やれ、
奇(く)しきことよ。川上にこそ何者か住むべけれ。」
川の流れは広かりて、空は少しく曇れりき。
罰を受けたる御(み)体ながら力に満ちて逞しき
素戔嗚、箸の流れ来し川上へ疾(と)く出でましき。
しかれば川の水音に紛れながらも絶え絶えに
誰かの啼哭(ねな)く泣き声ぞほの聞こえ来るやうなりし。
いよいよ怪しかりしかば、この泣き声を覓(ま)ぎたまひ、
なほ川上へおはしたり。しかればそこにましたるは
若き少女(をとめ)の座したるをいと悲しげに撫(ま)でながら
音泣(ねな)く老公(おきな)と老婆(おみな)なり。素戔嗚、これを見そなひて
訊ねたまはく、「汝(なむち)らは誰ぞ。いかなる故(ゆゑ)ありて
かく音泣(ねな)きたる。われはいま天(あめ)上より降(くだ)り来たれるに、
あたりのことをつゆ知らず。」されば老公(おきな)ぞ顔を拭き、
答へ申さく、「僕(やつかれ)はこゝを治むる国つ神
脚摩乳(あしなづち)にて、こは妻の手摩乳(てなづち)、これはわが娘
奇稲田姫(くしいなだひめ)とぞ申す。われらの音泣(ねな)きたるはこれ
八岐大蛇(やまたのをろち)なる悍(おぞ)き魔物がゆゑぞ。われらには

第一部　51

かつて八箇の美しき乙女子どもぞ生まれしが、
やがて八岐大蛇なむ現れしかば、年ごとに
来て一人づゝ子を呑める。これが七年続けるに、
つひに残るはこの子のみ。いかゞすべきと悩む間に
今年もやがて大蛇なむ来たらむ頃となりぬれば、
故、哀傷しみて音泣きをり。」「八岐大蛇なるものは
いかなる姿形なる。われ天地を迷へども
然る恐ろしき化物の形をつひぞ見聞かぬ」と
素戔嗚の問ひたまへるに、脚摩乳なむ申したる、
「その名の通り、身一つに八つの頭と尾を持てる
いと大きなる魔物なり。その身の丈は谿八谷
丘八尾に渡り、背上には苔ぞ生ひ敷き、松、檜、
柏、椙などの木も茂り、その腹は血に爛れたり。
また眼は赤酸醬のごと闇に怪しく光るなり。」
これを聞こしゝ素戔嗚の勅して宣はく、
「老公、汝が娘をやわれに妻として奉る。」
脚摩乳答へ申さく、「されど僕、畏くも
いまだ御名さへ伺はず。」「われ天照大神の
弟神、素戔嗚と申す。今し汝が身の上を
聞けば、八岐大蛇なる化け物、われが退治さんぞ。
まことにこれを退治してば、汝が姫も救はれん。
しからば姫をこのわれと婚せつべし。いかゞする。」

「さらば御言の随にす。されどいかなる益荒男に
おはすとて、この大蛇をば殺めむは、これ成しがたき
仕事に思はる。先ほども申しゝ通り、この大蛇
いともおほのかなれば、その身の這ひずるは宛らに
山の動くが如し。わが国の雄々しき兵も
度々これに挑めれど、かつて敵はず。畏くも、
汝のいかに強きとて、あれはえ退治さじと思ふ。」
「恐るゝなかれ。われによき考へぞある。躊躇はず
里までわれを導け」と素戔嗚の宣ひたれば、
脚摩乳、こを宜びて、四柱のこの神たちは
ともに更なる川上の里の方へとおはします。

　さて、里にみなおはせれば、そこは真に豊かなる
国にて、倉は種々の木の実を収め、川岸は
鉄を含みて光れりき。弓を負ひたる男らは
みな逞しく、女らは珠や牙にて身を飾り、
子供も多くありしかど、大蛇のやがて来んゆゑに
誰の顔にもそれとなく憂への影ぞ差したりし。
「国民よ、聞け！」脚摩乳告らさく、「今しこの国に
天つ神なむいますがる。大蛇の事を聞こせれば、
あれを自ら退治さむと仰せられたり。然る仕事は
成しかぬべしと申しゝが、計らひありと宣へば、

第一部　53

この神こそはこの国が最後の希望と言ふべきか。

しかれば、民よ、いざ聞かん、かれの畏き御言をば！」

されば素戔嗚、国人に勅して宣はく、

「われは素戔嗚、久方の雲居の空に高照らす

日孁貴の弟なり。八岐大蛇なるものゝ

人を食らふと聞きたれば、われこそこれを退治さんぞ。

国人どもよ、まづ稲の種を精げて酒を醸め。

八醞して、八甕醸み、さらに桟敷を八間造れ。

この桟敷には一口づゝ槽を置き、各々に

肉や魚も調へよ。しからば後は任すべし！」

されば悉に国人は御言の通り酒を醸み、

桟敷を造り、槽を一口づゝ置き、有る限り

肉や魚を掻き集め、すべて然様に調へき。

「大蛇を討つと言ひながら、これ酒盛りの装ひなり。

肉と酒にて持てなさば鎮まらんとや思ふらむ。

よろしきことよ。さりけれど、いかでこれにて倒し得る、

あの恐ろしき大蛇を」と疑ふ者もありしかど、

然る日も暮れて、そよそよと生暖かき夕風の

吹き初めしかば、後はたゞ大蛇の来んを待つほかに

為む方もなく、待つうちに怪しき気配も漂へり。

されば素戔嗚、奇稲田姫を湯津爪櫛に変へ、

そを御鬘に挿し入れて隠したまひき。夜も更けて

あたりは静かなりしかば、たゞ松明の燃ゆる音
のみが幽かに聞こえたる。そのとき、遠く山の端の
影が動きしやうなりし。目の迷ひかと見えたるが、
次には木々の折られたる音ぞ聞こえて、何物か
這ひずるごとき気配にて、風の流れも掻き乱れ、
闇はやうやう塊のごとき形をとりはじめ、
やがて彼方に鬼灯のごと赤き眼ぞ光りぬる。
国人どもは息を呑み、構へてこれを見守りつゝ、
子供を家に隠したり。勇み猛ぶる素戔嗚は
前におはして、ひしひしと寄り来る闇を睨めながら
勅して宣はく、「畏き神よ、いざたまへ！
汝が御稜威いや増しに国の四方まで及ぶゆゑ、
われら今年は美しき乙女を奉るのみならず
美酒を醸み、有る限り肉や魚も調へつ。
かくもめでたき大饗は汝にのみぞ相応しき！」
されば茂みの潰さるゝ音はいよいよ近くなり、
風は俄に腐りたる血のごとく腥くなり、
暗くゆらめく松明の明かりの先におぼろげに
岩石のごとく大きなる大蛇の首ぞ現れし。
八つの頭は山のごと里のまはりを取り囲み、
八谿に渡る身のすゑは闇へと消えて見えざりき。
国人はみな立ちすくみ、また手摩乳と脚摩乳

二柱なる神たちもかつて大蛇に食はれてし

乙女子たちを思ひつゝ戦慄きしかど、たゞ独り

素戔嗚のみはたぢろかず、宗々しげに宣はく、

「いざこの神をもてなさん！」さればたちまち怖ぢ気づく

心は消えて、男らは池のやうなる槽に

なみなみ酒を注き入れ、女らはみな彼方此方に

肴を運び、八岐なる大蛇の首は各々に

広き桟敷に通されて、歌や踊りに歓待され、

休む間もなく酒を飲み、肉や魚を食らひして

過ごしゝうちにいつしかと暁方も近づきて、

東の空が明け初めし頃にはつひに酔ひ痴れし

八つ首すべて力なく眠りて地に横たひき。

　大蛇の深く寝入れるを見そなはしたる素戔嗚は

鍛冶を立てゝ、川縁の淀みに溜まる泥土から

鉄を採らしめ、火のもとに打たしめ、やがてくろがねの

十握剣の一振りを得たまへり。この御佩刀を

帯びたまひたる素戔嗚はされば明けたる空のもと

大蛇の首に攀ぢ登り、「えい」と一声あげながら

これを鋭く突き刺して、血が川のごと零ゆるまゝ

斬りゆき、つひにこの首を身から切り離したまへり。

かく憎むべき年来の仇敵の果つるを見たりしに

国人ども、手摩乳と脚摩乳なる神たちも

飛び上がらんが程にみないたく喜びたりしかど、
残りの首を覚ましては甲斐無からんと堪へて
息をひそめて見守（まぼ）りたり。素戔嗚は間を置かずして
次は二の首、三の首、四の首、また五の首と
見る見るうちに八つ首を斬（や）りたまへれば、細蟹（ささがに）の
曇らぬ太刀（たち）の刃（やきば）から滴（した）れる血も構はずに
更に更にと段々（きだきだ）に大蛇（をろち）を刻みたまひたり。
血は川水に流れ入り、川面（かはも）を赤く染（そ）めたりき。
　しかしてつひに素戔嗚が大蛇（をろち）の尾をも斬らんとぞ
し給ひし時、ゆくりなく尾の中にいと固きもの
ありて、刃（やきば）が毀（こぼ）れぬる。これや何ぞと尾の肉を
みづから裂きてその中を見そなひしかば、一振りの
剣（つるぎ）ぞ埋まりたりし。これ天叢雲剣（あまのむらくものつるぎ）ぞ。
大蛇（をろち）の居りしところには常に雲気（くものけ）ありしゆゑ、
かく名づけたり。後の世に日本武（やまとたける）がこをもちて
草を薙（な）げれば、草薙剣（くさなぎのつるぎ）とも言ふ。今日もなほ
日嗣（ひつぎ）の証しとしてこれ熱田の宮が蔵（き）めるぞ。

　かくて大蛇（をろち）の身は滅び、喜び勇む国人が
さらにめでたく宴（うたげ）せん、祝ひせんとぞ勇めれば、
狩人どもは野山にて兎、鴨、猪（しし）、鹿を狩り、
釣人どもは川下へ行きて、鮎、鮭、鱒、鯎（うぐひ）、

第一部　57

鮒、鱧を釣り、海人どもは北の海にて牡蠣、鮑、
栄螺、海胆、鮪、烏賊、蛸を捕らへ、残りの者どもは
さらにも美き酒を醸み、さらなる豆や、果物や、
芋や、菜や、葉や、根や草を集め集めて足引きの
山積みに積み、積み余し、里を溢れて出でむほど
集め来たりて、先よりもさらにめでたき賑はひの
祝宴をはじめたりしかば、素戔嗚はそと御鬘の
櫛を外して、姫君を元の姿に戻します。
大蛇が牙の脅威からやうやく解かれたまひたる
姫は親の手摩乳と脚摩乳とに駆け寄りて
みなに命のあることを祝ひたまひつ。姫を見て、
終に残りし娘のみ辛くして世に残れりと
泣き濡れながら脚摩乳告らさく、「いざや、国人よ、
今こそ共に素戔嗚 尊をば言祝きてむや、
この神こそは奇稲田姫の夫にましませば！
大御酒を注げ！　舞ひを舞へ！　あなめでたやな、めでたやな、
この益荒なる大神ぞわれらを救ひ給ひたる！」
大蛇が失せて、戦争もあらざりしかば、豊かなる
国は皆人幾日も果てぬ祝宴に明け暮れて、
老いも若きも、貧しきも富めるも、人も神も、さね
わけへだてなく共々に喜び、笑ひ、祝ひたり。

しかして後に素戔嗚は姫と婚（みあはし）せむによき
処（ところ）を尋ね覓（ま）ぎまして、行き行きましゝいや果てに
丘のふもとにおはしたり。言（こと）をして宣はく、
「今、わが心清々（すがすが）し。」すなはち清地（すが）と名づけらる。
されば素戔嗚、この清地（すが）に住み給はんとうち日さす
宮を太敷（ふとし）きたまへるが、宮の上を見そなへれば、
果てなき空にもくもくと白雲ぞ湧きたりしとや。
素戔嗚、宮とその上に湧く白雲を見そなはし、
歌詠（おうたよ）みして、「八雲（やくも）たつ出雲八重垣（いづもやへがき）妻ごめに
八重垣（やへがき）作るその垣を」とおのづから詠み給へるに、
御歌（おうた）によりて国の名も出雲の国と名づけらる。
これより前は歌ふにも言葉の数も定まらず、
事の心も分き難く、素直なるのみなりしかど、
こゝに韻律（しらべ）の定まりて大和言（やまとこと）の葉敷島（はしきしま）の
道ぞ開かれたれば、これ、鳥を羨み、花を愛で、
秋の朝（あした）の露（つゆ）、春の霞（かすみ）の籠（こ）むる様を見て
思ふ思ひぞさまざまの歌に詠まるゝ始めかな。

　かく素戔嗚と奇稲田姫（くしいなだひめ）の夫婦（めをと）となりませば、
この神たちに生（あ）れませる御子（みこ）は大己貴神（おほあなむちのかみ）、
または大國玉神（おほくにたまのかみ）と申す神にいますがり。
されば素戔嗚、御妃（おきさき）に勅（みことのり）して宣（のたま）はく、

「かく宮も建ち、子も生まれ、世に憂ふべきことも無く、
いよゝわれらはこの国を平け、栄ゆべけれども、
汝妹よ、われは父母が重き御言葉を
授かりたれば、根の国へ去らねばならぬ定めなり。
この子の宮の司には、されば親の国つ神、
あの脚摩乳手摩乳の二柱をば就かすべし。」
手摩乳と脚摩乳とは、さればこのことから共に
稲田宮主神となりて出雲にましませり。

　素戔嗚、宮を出でまして根の国へ去ります前に
かの大蛇から得たまひし天叢雲剣を
姉の天照大神に奉らんと
再び天の浮橋を行きましゝかど、諸神に
逐降らはれし御体ゆゑに天の御門はくぐらずに、
橋と御門の境にて止まりたまひつ。「素戔嗚や
天上を荒らしにまた来る」と神たち慌てたまへれば、
五百箇の珠を身にまとひ輝く女神、天照
大神ぞ出でましまして、勅して宣はく、
「何ぞふたゝび天上へ来る、あゝ、性悪しき弟よ！
疾く根の国へ罷らんが汝の定めなることを
まだ受けざるか、いな、もしは受けたる罰を恨みして
恨みを晴らすためにとて来たるか。何とゆゑを言へ！」

されば素戔嗚宣はく、「姉(なねのみこと)よ、神たちよ、
われには悪しき心無し。根の国へ去るべきことも、
罰を受けたることも、さね恨みせず。たゞわが心
激しきゆゑに、時として荒(あ)るゝことあり。このことを
もちて悪しきと思(おぼ)すまじ、われもまことの神なれば。
姉(なねのみこと)よ、曇りなき思ひの証しにと今日は
地上(した)にてわれの退治(ころ)してし大蛇(をろち)の中に見出でたる
この珍しき霊剣(みつるぎ)を奉(たてまつ)らんと参り来つ。
いざ受けたまへ、さればこの天叢雲剣(あまのむらくものつるぎ)を！」
うやうやしげに霊剣(みつるぎ)を捧げたまへる素戔嗚の
御手よりこれを厳かに受けたまひたる日神は
この霊剣(みつるぎ)を改めて近くに見そなはしたれば、
その有様を嬉しがり、勅(みことのり)して宣はく、
「汝(いまし)が心、いま確(しか)と証しせられぬ。末永く
伝へゆくべきものとして、この剣、承(うけたまは)れり。
弟(せうと)よ、かくし根の国へ去るべきことも、古(いにしへ)に
天祖(あまつみおや)ぞ御心(みこゝろ)に思(おぼ)し、ことの所縁(ゆかり)なり。
天祖(あまつみおや)の御心(みこゝろ)にかつて邪(よこしま)あらざれば、
安き心を持ちて行け！　忘るな、たとひ根の国が
君(きみ)になるとも、いつまでも神の務めをなすことを！」
「あに忘れめや。われもまた地底(そこ)から国を守らん」と
宣(のたま)ひたれば、素戔嗚は輝く天の御門から

第一部　61

退きて、また浮橋を下り給へり。神たちは
遠ざかりゆく素戔嗚の後姿をいつまでも
眺めたまへりしかど、その影はやうやう白妙の
雲のかなたに霞みゆき、やがて見えなくなりにけるとぞ。

第二部

　古、まづは始まりに神世七代ありしかば、
男神伊奘諾尊と女神伊奘冉尊が
まづ天照大神を、つぎに月讀尊を、
次に蛭兒と素戔嗚尊を生みて、素戔嗚と
出雲の国の国津神手摩乳脚摩乳の子
奇稲田姫とに子の大己貴神、またを
顕國玉神とも申す神なむ生れましゝ。

　素戔嗚すでに根の国に罷り給ひたりし故に、
独りこの大己貴ぞ国を平けんとし給ひし。
されどこのとき国はまだいと荒芒びたる景色にて、
原には葦が敷き茂り、磐石草木に至るまで
強暴く蔓延りたりしかば、これを伏せんとし給ひし
大己貴は数知れぬ疵を被り、痣を負ひ、
御手は節くれだち、いつか肉刺や瘤に歪みたる
元とは似ても似ぬほどの醜き神となりましぬ。
かく様変はりし給ひし大己貴は終はりなき
仕事に疲れて飢ゑたまひ、飲食をせむとたゞ独り
出雲の国の五十狭狭の小さき汀に出でましき。

「海は豊けし。この海は尽きせぬ幸を湛へたり。

されども国はまだ成らず。野には荊棘が生ひ茂り、

いづこへ行くも荒ましき巌岩ぞ道を塞ぎたる。

この葦原にたゞ独り、朝も夕べも休みなく

働きたれば、わが腕はかく逞しくなりぬれど、

国造りにはこの腕の力もつひに足らぬか」と

大己貴は砂浜に思し沈みておはせしが、

その時、波のさゞめきに紛れながらも彼方から

誰かの声のごとくなる音ぞ聞こゆるやうなりし。

奇しきことゝ思されて海をよく見そなひたるに、

海に見ゆるは常のごと寄せては返す波ばかり。

「誰かある！　もしあるならば、隠れず此処に現れよ！

われは大己貴、国を造らんとして葦原を

平ぐる神、素戔嗚尊が子ぞ！」と海原に

大己貴のいかめしく宣ひしかば、ゆくりかに

波間に浮きつ消えつして動く影なむうち見えし。

いよゝ奇しく思されて、よくよく見つめたまへるに、

白蘞の皮の舟に乗り、鷦鷯の羽の衣を着、

手のひらに乗るほど小さき小男ぞ海に浮かべりし。

これはいかにも怪しきと大己貴のこを御手に

拾ひたまひて、掌中の上にて捴りたまへるに、

小男、やにはに飛び跳ねて、大己貴に噛みつけり。

これを訝りたまひたる大己貴ぞ大鷲を
天上に送りて神たちに訊ねたまへる、「海原を
手のひらに乗るほど小さき小男ぞ独り漂ひし。
拾ひ上ぐれば、飛び跳ねてわが頬を嚙む。いと奇し。
かゝる小男のこと、何か知らば知らせよ。」さりければ
天上にてこれを聞こしたる高皇産霊 尊から
御返しありて、宣はく、「われ生産むことの神なれば
一 千 五百 座もの神たちを産みたるが、
この中にたゞひとりのみいと性悪しき子ぞありて、
天上の教養に順はず、身の振る舞ひもうち乱れ、
戯るゝあまりつひにわが指の間より漏き堕ちて
行方の知れずなりたりし。少彦名といふ名なり。
汝を嚙みしその小男、あるいは彼ぞ。訊ぬべし。
もしもまことに彼ならば、それを汝が弟として
迎へ、わづらはしくならぬほどによろしく愛で養せ。」
されば大己貴、先の小男に訊ねたまひたる、
「小男よ、汝、おそらくは少彦名か。如何なる。」
小男、答へて曰く、「実に少彦名がおれの名ぢゃ。
さては父君に聞きたるか。ぬしこそ誰ぢゃ。名を言はな！」
「先にも名乗りたるごとく、われは大己貴と言ひ、
国を造らんために、今あたりを独り巡れりき。
この葦原の国はいと荒芒びたる故、開拓くにも

われのみにては難かるが、先に汝が父君ぞ
汝をわれの弟として養ふべしと宣ひし。
少彦名よ、さればこの大己貴が弟となり、
豊葦原のこの国をこれから共に経営らぬか。」
大己貴のさるやうに宣ひたるやいなや、「否、
嫌ぢゃ！」と少彦名なむ答へたまへる。事のほか
なりぬるに大己貴の少し驚きたまへれば、
その顔つきを見そなひし少彦名は「やれ、嘘ぢゃ！
天こそ出でゝみたりしが、もとよりすべき事もなく
徒然なりき。国造りすべしと言はゞ、造らむず！」
となむ宣ひ、颯と跳ねて大己貴の肩に乗り、
肩の上にて楽しげにからから笑ひたまひたり。

　さりければ、大己貴と少彦名は兄弟と
なりて心を一つにし、力を合はせ、叢を
払ひ、磐石を打ち砕き、藪原を田や畑にし、
樹林を拓き、池を溜め、丘を拵へ、川を引き、
病みたる人のありしかば薬をやりてそを癒し、
家畜の病みし時もそを治療むるための手当てをし、
鳥獣が畑物を狙ひ来しかばそを払ひ、
昆虫を逐ふ禁厭の仕方も定めたまひたり。
百姓のことごとく御業に助けられたれば、

今日のわれらもこの時の恩恵(みたまのふゆかうむ)を被るか。

　藪(やぶ)が開かれ、井(ゐ)が掘られ、里に煙も上がれゝば、
ある朝、丘の頂(いたゞき)に並びておはしましながら、
その様を大己貴(おほあなむち)と少彦名(すくなひこな)ぞ見そなひし。
「われらの造りたる国や善(よ)く成りたる」と、のどやかに
大己貴ぞ問ひましゝ。少彦名の宣はく、
「或いは成れり。さりけれど、或いは成らぬとも思ふ。」
これを怪しく思(おぼ)されて、大己貴の宣はく、
「されどわれらの仕事(わざ)を見よ、国の形は出で来たり。
さらに勤(つと)めて働かば、さらにめでたく成りぬべし。
いざや、続きをせん。民もわれらのことを頼むらむ。」
少彦名は遠方(をちかた)を眺めたまひて、宣はく、
「己(おれ)は止めんず。この国はぬし独りにて経営(つく)るべし。」
大己貴の驚きて、「などかは止むる。やうやうに
国も形になりたるに。里に煙の立つを見よ、
田子(たご)の働く様を見よ！　翁嫗(おきなおみな)も童部(わらはべ)も
われらの仕事(わざ)を喜べり。かけて虚しきことならず。
いかでかは今去るべき」と問ひたまへれば、真(まこと)しく
されども軽(かろ)き気色にて少彦名の宣はく、
「ぬしは忠実(まめ)ぢゃな。さりけれど、猶々(なほなほ)おれは去らんとす。
見よ、あの原(はら)に新しく生(お)ひ茂りたるあの藪を。

第二部

見よ、崩れたるあの崖を。土砂に埋もるゝあの川を。

民もよく見よ。いかほどにおれが病を癒すとも

癒すそばから新しく別の誰かゞ病みつくぞ。

もしも薬を調合はすれば、別の病も流行り出づ。

人の病が治まれば、次は家畜が病づく。

此方の猪を追ひやれば、彼方に虫が涌き出づる。

彼方の虫を滅ぼせば、鳥が此方の田を荒らす。

ひとつ造ればひとつ崩え、ひとり救へばひとり死ぬ。

東を押せば西が浮き、南を伸せば北が反る。

この天下なるものは何もが斯かる有り様ぢゃ！

兄貴よ、これは疑はし。この国まこと成りたりや。

国造りなるこの仕事は蓋し終はらぬ仕事ならん。

それゆゑおれは去らんのぢゃ。思ふに、神としてし得る

ことは大方し終はりぬ。教ふることも教へたり。

し残されたることあらば、残りは人がすればよし。」

大己貴ぞ、さりければ、これに応へて宣ふに、

「されども人はみな弱し。神の助けのあらざらば、

いかでか人の営みぞこの憂き地上に栄えめや。

人が五百度やくさまば、五百度これを癒してむ。

荊棘が千度生ひ出でば、千度刈りてむ。終はりなく

仕事の続くは終はりなく人がわれらに祈るゆゑ。

さらば祈りを聞き入れん。それこそ神の務めなれ。」

「貴(たふと)きことぢゃ。しかれども、人や然様(さやう)に弱からむ。」

少彦名ぞ然応(さこた)へて、事なきやうに宣はく、

「あるいは神のあらざらば、人はおのれを助けむず。

育ちたる子がおのづから親から離れゆくごとく、

人もいつかはおれらから離れゆくべきものならむ。

ぬしが心はいといみじ。されどこの世がいつまでも

成るまじからば、ぬしもまたいつかはこゝを去らむかも。」

「父尊(かぞのみこと)ぞ大蛇(をろち)から救ひたまひしこの出雲、

などその子たるわれやこの国を見捨てゝ去るべきぞ」

大己貴の宣はく、「神在らぬ世や栄ゆべき。

よき神たちが去りたらば、悪しき神のみ残るべし。

悪しき神のみある世には悪しき人のみ時めかむ。

悪しき人のみ時めくは天(あめ)の欲(ほ)りすることならず。

されば独りになりぬとも国を保つがわが務め、

汝(いまし)が人を捨てたらばわれこそ人を引き上げめ。

あはれ、されども今までの月日を思ひ出でたれば、

汝(いまし)が助け、なほ厚し。汝(いまし)の無かりなましかば

いかに為し難(なが)かりなまし、国を経営(つく)るといふ仕事(わざ)は。

少彦名よ、いざゝらば！　別(を)るゝことは惜しけれど、

固き思ひは止められじ。去りぬともゆめ忘るなよ、

われら兄弟(あにおと)なることを、国を造りしこの日々を！

されども、弟(おと)よ、去るとても、何処(いづく)にか去る。蓋(けだ)しくも

第二部　69

天上に帰りてまた父尊と共に暮らさむか。」
少彦名の宣はく、「否、天上などに帰らめや。
天上にはすでに倦み果てぬ。己は彼処に合はぬらし。
天上よりさらに良からんは常世の国ぢゃ。常しくに
春が終はらず、美しき花々が咲き、苦しみも
滅びもかつて這ひ入らぬ、海の彼方にある国ぞ。」
「それぞわれには合ふまじき。われは此処にて働かむ。
されど汝やまたいつか帰らむ、若しは名残り無く
往にて再び帰らぬか。」大己貴の然惜しみて
問ひたまへれば、かわらかに、後を思さぬ気色にて
少彦名の宣はく、「思ひ定めしことは無し。
彼処に飽かば、また来むず。飽かぬ間は帰るまじ。
兄貴よ、さらば。兄貴こそ真われより畏けれ。」
出雲を造りたまひたる神たちは斯く離れまして、
少彦名は遥かなる常世の国へ去りましき。
熊野の岬から舟を出だし給ひたるとも言ひ、
淡島にて実りたる粟の穂の実に乗りたまひ、
その粟の穂に弾かれて去り給ひたるとも言へり。

　独り留まり給ひたる大己貴は這ひ渡る
葦をさらにも打ち払ひ、磐石を砕き、いとゞしく
梢差し交ふ木々を伐り、更なる傷や青痣や

肉刺や瘤や腫れ物を数限りなく負ひながら
働き続けたまひたり。病みたる人のありしかば
薬を作り、冬さりて誰もが凍えたる時は
酒を醸して皆にやり、たゞの一日も休まずに
国を北から南まで巡りて経営り給ひたり。

　かくて成らざりしところをみな造り終へ給へるに、
大己貴はある日、ふと小さき汀にいましたり。
それは出雲の五十狭狭のあの懐かしき浜なりき。
大己貴が海原を見遣りたまひて宣はく、
「この葦原の国はいや磐石草木がみな強暴く、
荒芒びたる様なりしかど、われ、素戔嗚尊が子
大己貴が摧き伏せ、つひに平け終へたるぞ。
かくてやうやくこの国もわれに和順ふものなれば
今この国を治むるはたゞわれ独りのみなるが、
あるいはわれと共にこの国を治めん者やある。」
されども、はや海からはいかなる声も聞こえ来ず、
寄せては返す波間にもひとつの舟も見えざりき。
大己貴は砂浜に座りたまひて、懐かしき
少彦名のことなどをつくづく思し出でたりき。
　いかほど時や過ぎにけむ、いつか海辺も夕さりて、
日入りしあとの大空はやうやう星に装はれ、

黄昏時の幽けさに微睡む海は安らかに

涼風のもと潮騒の歌を噤り歌へりき。

大己貴は海辺から立ち去り難く思せりき。

御仕事に疲れ給ひたるゆゑかもしれず、また若しは

少彦名の来るを待ちたまふ為にもありけむが、

かく夕影の薄れゆく海の景色をいつまでも

大己貴は浜辺から眺めおはせり。さりけれど

寂しき闇が海原をつひに覆はんとせし頃、

ふいに神しき光なむ海の面に浮かびたる。

「何ぞ！」とこれに驚きて、颯と立ち上がり給ひたる

大己貴の宣はく、「汝、いかなる鬼神か！」

されば光の答ふらく、「大己貴よ、怪しむな。

われは鬼神ならず。否、われは怪しき者ならず。

大己貴よ、など知らぬ。などこの国を治めたる

ものは自ら独りのみなどゝ昂る。見えやせぬ、

この国をかく平けたるは汝が力のみならず。

汝はわれと在りてこそ然る功績を建て得たれ。

われの無からば、汝など何にもならじ。されば知れ、

いかなる仕事を為す時も汝は独りならざると！」

かく慎みなく語りたる光の声は、さりけれど、

いかなる故か聞き覚えある声にこそ聞こえぬれ。

大己貴の怪しみて、「汝は誰ぞ！　名を名乗れ！

怪しむまじと言はゞ、今こゝへ姿を現せ！」と
宣ひたれば、海面に浮かぶ光はえうえうと
ゆらめきながら集まりて、白き装束をまとひたる
人の形に変はりゆき、やがていかなる傷もなく、
痣も、瘤も、肉刺もなく昔のまゝに麗しき
大己貴のみづからの若き姿ぞ現れし。
しかれば若く麗しきこの面影が砂浜の
傷みたまへる分身に宣はく、「大己貴よ、
われは汝が魂ぞ。いかなる仕事を為す時も
忘るな、おのが魂はあへて汝を離れぬと！
汝が雨に打たれつ、巖石を砕きたりし時、
茨に刺されたるまゝに荊棘を拓きたりし時、
泥土に足を汚しつゝ丸太を運びたりし時、
里の宴を余所に見て野を鋤き起こしたりし時、
病みたる者のためにとて薬を作りたりし時、
樹林に潜みたる邪鬼と戦ひたりし時、
いらなき傷を負ひし時、いたく疲れて飢ゑし時、
いかなる時も、われのみは汝が内に生きたりき。
大己貴よ、されば知れ、いかにさゝやかなる仕事も
あへておのれの魂の働きなくは為し得ぬと！」
然聞こし、大己貴は既に打ち解けたまへれば、
笑ひたまひて、宣はく、「汝はわれの魂か。

第二部

いかなる鬼かあやかしか怪しがりしが、自らの
魂と今知れたれば、すでに親しく見ゆるかも。
いかにもこれは面白き。しかれども、わが魂よ、
その魂の働きと言へるは何ぞ。知らしめよ。」
光輝く姿にて波間に浮かぶ面影は
されば答へて宣はく、「宜なり。されば知るべきは
まづ魂が三つ種の霊より成るといふことぞ。
この三つ種の霊たちが寄りて一つになりてこそ、
はじめてそこに魂が、すなはちわれが、生れ出づる。
　この霊たちの一つめは幸霊と言ふ。名のごとく
心の幸にかゝづらふ霊にて、いかに難しき
時にあるともこの霊は幸ある道を示すべし。
人はしばしば豊かなる天の恵みを考へず、
小さき災ひのみを見てそれを全てと思ひなす。
これは大方幸霊に欠くるがゆゑの誤りぞ。
考へてみよ、荒れ野にて働きたりし日のことを！
身こそ埃にまみれしか、心は惨めならざりき。
これも幸霊ゆゑのこと。この幸霊のある限り、
務めを果たす心には幸の光がつねに射す。
人にもこれを祝はせよ。この幸霊を惜しみなく
人に与へよ、世にいつも幸の光の射すやうに。
　二つめは奇霊と言ふ。これは脳に宿るなり。

これ言霊と通ひ合ふいと珍しき霊(たま)なれば、
この働きによりてこそ思ひは言(こと)となり、言(こと)は
心を繋ぐ。この霊の失はるれば、ありとある
言葉はたゞの虚ろなるさやぎとなりて風に舞ふ。
見えぬものほど美しと言ひつゝ、人はいつの世も
見えぬ理(ことわり)より見ゆる幻をこそ愛づるもの。
さればこそこの奇霊(くしたま)を幻多き世の中に
与へて、人を偽りの夢から目覚めさせつべし。
この世の裏にありてなほこの世を統ぶる理(ことわり)に
人の心を結(ゆ)はふるはこの奇霊(くしたま)の力なり。

　最後は術霊(つひわざたま)なり。これは手にかゝづらふ。何事か
成し得む、もしも人の手にこの術霊(わざたま)の欠けたらば。
いかに巧みに語るとも、言(こと)のみにては甲斐も無し、
現(うつ)しき物を成し得るは常に手の仕事(わざ)なりぬべし。
箱や器を細やかに彩るが手の仕事(わざ)ならば、
宮を建つるも生薬(きぐすり)を調合(あは)するも手のすべき仕事(わざ)。
もし術霊(わざたま)のあらざらば、衣(ころも)は破れ、橋は落ち、
屋敷は崩れ、弓は折れ、人は獣に返るべし。
営むことは作ること。作るは人の証しなり。
何かを作る手は常に術(わざ)を付きたる手なるべし。
さりければ、この術霊(わざたま)を人に与へよ、世の中に
常にまことき営みと良き手の仕事(わざ)のあるやうに。

第二部

幸と言葉と術に斯く携ふ三つの霊たちが
寄り合はさりてわれは在り。霊のひとつぞ欠けたらば
われも欠けめど、見よ、いまだわが身には傷ひとつなし。
かくしてわれの在るかぎり、汝が仕事は徒ならじ。」
大己貴は、さりければ、これに応へて宣はく、
「汝の語りたることはすでに知れたることなりぬ。
されどもわれや蓋しくもいつしかこれを忘れけむ、
あたかもすべて新しきことのやうにも聞こえたり。
わが魂よ、さればまた汝を忘れせぬやうに、
またいつまでも人の世を汝の護ひゆくやうに、
宮を造らんとぞ思ふ。汝、何処へ住らむ。」
御魂、応へて宣はく、「三諸山に住らむ。」
　されど御魂の返答を聞こしたりつる束の間に
大己貴は覚えなくふとうち驚かれたまひ、
見渡したまひたれば、とく奇しき光はそこに無く、
たゞ海のみが星繁き空のもとにて変はりなく
寄せては返す細波の夜の果てまで広ごりし。
　大己貴はこのことをよく御心に留めたまひ、
すなはち宮を青垣の三諸山に建てましつ。
されば三諸山に今この御魂なむおはします。
すなはちこれぞ三輪の神、大物主神にます。

いづれの世にか、然る事のありし後の世なりにけむ、

茅渟の県の陶村に陶津耳なむおはしたる。

陶村の長なりしかば陶に励みたまひしかど、

一つ娘におはしたる乙女、活玉依姫の

ことは何にも替へがたき宝とこれを愛ほしみ、

露も憂へのなきやうに厚く傅きたまへりき。

さて、陶津耳、姫君の見目美麗しくましゝかば、

悪しき者もぞ寄り付くと恐れたまひて、終日

人目に触れぬ御屋敷の奥に籠め据ゑたまひしが、

ある日、姫君ゆくりなく御子をば孕みたまひたり。

「怪しき者の寄り付かぬやうにと内に籠めたるに

いかでかは子を孕める」と、これを訝りたまへれば、

「娘よ、かゝることの無きやうにと内へ籠めたるが、

誰か汝の夫なる。われにすべてを教へよ」と、

陶津耳なむ姫君に問ひたまひたる。姫君の

それに応へて宣はく、「父上、まこと不思議なる

ことに侍れば、いかやうに聞こゆべきにや。いつとなく

神しき人の様をして来初めし方の侍れども、

この方、夜にのみ来ます。いかに戸を鎖したまふとも、

この方、いつも雨のごと屋根の上より零り来たり、

共に臥します。さる内にいつか身重になり侍り。」

訝しきことなりしかば、これを聞こしゝ陶津耳、

姫を孕ませたる者を見顕(みあら)さんと思し入り、
つひにひとつの考へを抱(いだ)きたまへり。さりければ、
陶村(すゑむら)の長(をさ)なりながら陶(すゑ)を忘れて、朝(あした)から
宵を経てまた朝(あした)まで妻君(めぎみ)と共に紅(くれなゐ)の
麻を績(つむ)ぎて細蟹(さゞがに)の糸を縒(よ)り掛け、釣針(つりばり)を
先に結(ゆ)はへて、宣はく、「娘よ、通ひ来る者を
いかでか見顕(みあら)すまじき。汝(いまし)が御子の父(おや)なるぞ。
しかれば、これを隠し持て。この麻の緒(を)はその先に
針を結はへてあれば、また今宵其奴(そやつ)が来たるとき
これを其奴(そやつ)が裳(も)に掛けよ。朝(あした)、其奴(そやつ)の去りたらば、
糸を辿りていづこまで続くかを見ん。」姫君は
糸を受け取り、「畏(かしこ)まり侍(はべ)り。仰せのまゝに」とて
これを諾(うべな)ひたまひたり。

　　　　　　　東の空の明け立ちて
あたりが白(しろ)み初めし頃、陶津耳(すゑつみ)なむ徐(おもむろ)に
寝室(よどの)を忍び出でまして、姫の部屋まで出でましゝ。
されば正(まさ)しく部屋の戸の鍵の穴よりするすると
件(くだん)の糸の抜け出でゝ外まで続きたりしとぞ。
「あはれ、したり」と喜びて部屋の戸を開け給へるに、
姫君もさね恙(つゝが)なくおはせりしかば、陶津耳(すゑつみ)、
姫と妻君(めぎみ)に宣はく、「謀(はか)りしごとく事成りぬ。
されば今こそこのわれが糸を辿りに出で立たん。

瓢に水を汲み入れよ。剣も出だせ。暮れまでに
帰り来ぬとも憂ふまじ。必ず近く帰るべし。
何があるとも必ずやこの子の父を見出ださん。」
嚢を背負ひ、似つかざる剣も帯びて、ことごとく
装ひを揃へたまへれば、いま陶津耳、勇ましく
姫の夫を見つけんと長き旅路へ発ちましつ。

　糸の随に覓ぎ行けば、始めに至りたまへるは
家の近くにある小山、茅渟山なりき。この小山、
常より土を取るために繁けく通ひたまへれば、
すでに知れたる山なりて、「こゝへ続くといふことは
あるいは村の陶人の誰かゞ姫の夫か」と
陶津耳いと口惜しく思して萎れたまへれど、
埴土を掘るところには糸はなかなか寄り付かず、
あたりを巡り歩くうち、つひに山から抜け出でぬ。
「さて、わが村のやからにはあらざりけり」と仮初に
心解けたる陶津耳、ゆるゆる進みたまへるに、
いつか辺りは夕さりぬ。

　　　　　　まだほの暗き東雲に
木陰に宿りたまひたる陶津耳、覚めたまひたり。
近くの川に水を汲み、魚を釣り、それを火にて焼き、
朝餉の終はりたりしかば、再び糸を辿らんと
陶津耳、また諸々の荷を負ひて行きたまへれど、

糸を辿れば辿るほど道は険しくなり、つひに
岩根こゞしきみ吉野の山に分け入りたまひたり。
まばらなる山桜にはまだ斑消えの雪が付き、
遥かに霞み渡りたる嶺には鳥が鳴きたりし。
「鬼や出でむ」と陶津耳、心して行きたまへるが、
いかなる鬼の棲み処にも糸は至らず、夕つ方
入り日の影が大空をくれなゐ色に染めし時、
吉野の山を出でましき。
　　　　　　　　　　　風うそ寒き朝まだき、
巌の陰に焚火して一夜を過ごし給ひてし
陶津耳、覚めたまへれば、消えかけたりし火を起こし、
茸と木の実を焼べて、そを朝餉に食せり。「この糸や
いづこへ行かむ。幻を追ふやうなり」と、とく御体は
疲れたまへりしかど、なほ草の上ゆく麻糸を
辿り辿りて北へ行き、三諸山に入り、山を
登り登りておはせれば、森が開けて、ゆくりかに
糸も途切れぬ。驚きて見そなひたれば、おごそかに
清き光を浴びながら神の社ぞ建ちたりし。
物音ひとつせぬ中にいと神さびてありしとぞ。
しばし言葉もなくそこに佇みたまひたりしかど、
誰にともなく陶津耳ふと独り言ちたまへるに、
「娘と契りたまひしは大物主神ならし。」

かくて活玉依姫と大物主神の御子
大田田根子ぞ生れまし。この御子、甘茂君等と
また大三輪君等の遠つ祖におはすとぞ。

またこの時に姫君のところに残りたる糸が

三輪のみなりし故、山の名も三輪山になりしとや。

　國作大己貴神、または八千戈神、

または大國玉神、御子をふすさに生しましき。

まづ最初に宗像の奥都島へとおはせるに、

沖に霧なむ立ち込めて迷ひましましたるうちに

乙女を見合ひたまひたり。すなはち田心姫にます。

さりければこの姫神を娶りたまひて生みませる

味鉏高彦根命、葛上郡の

高鴨社にいます。また下照姫命、

同じ大和の葛の雲櫛社にいます。

また邊都宮へ出でまして、水が逆巻き激ちたる

灘のほとりへおはせれば、其処にて見合ひ給ひしは

湍津姫なり。さればこの女神と共に生みますは、

まづは事代主神。高市社にまします。

次に生みます妹は御歳神社にいます

高照光姫命なり。次に稲羽へおはせれば、

八上姫に見合ひまして、あひだに生れまし御子は

木俣神と申し、また御井神とも申す。また
次に高志へと出でまして沼河姫と会ひますに、
生みます御子は軍神建御名方神なりき。

　その頃、天上の国にては光り輝く日の宮に
独りおはして天照大神、思し巡らせり。
「わが父　母なむ生みたまひたる州壌は
すでに形となりぬらし。荒ぶる邪鬼どもは
いまだ数多に棲めれども、あの素戔嗚の残したる
大己貴といふ神ぞ国を造りて治めたる。
されども地上を見るほどにわれにはいよゝ疑はる、
天祖の御心や斯様に思し掟てけむ。
思ひ直せば素戔嗚は天の国から追はれし身、
地上にて宮を造れゝば、天の属とえ言ふまじ。
天から追はれたる後に天の下にて素戔嗚が
作りたる子もまがひなく地のものなるべし。されば
このまゝにては、かの国は天の国から追はれたる
者の建てたる国となり、天との縁を失はむ。
夫れ葦原の五百秋の瑞穂の国を造らんは
國常立尊の遠きいにしへ天地が
開闢けし時にこの国を在らしめよとぞ仰せしに
起こる事業なり。など天や始めし事業を為止すべき。

ならぬ！　いかなる幸ひも天(あめ)との縁(えに)を持たざらば
やがて滅ばむ。もしもこの天(あめ)の恵みを受けざらば、
いかに忠実(まめ)なる営みもしかるべき実を結び得ぬ。
しかれば国を建つべきは天(あめ)を追はれし者ならず、
天(あめ)の意(こころ)に従ひて天降(あまくだ)る者なるべきか。」
かく天照大神の思(おぼ)し召し立ちたりしかば、
勅(みことのり)して宣はく、「豊葦原(とよあしはら)の千秋長(ちあきなが)
五百秋長(いほあきなが)の中(なか)つ国瑞穂(みづほ)の国を治むべき
者はわが子天忍穂耳尊(みこあまのおしほみゝのみこと)なりつべし。」
　これを承(うけたま)りまし、正哉吾勝勝速日(まさやあかつかつのはやひ)
天忍穂耳尊(あまのおしほみゝのみこと)、しからば地上(つち)へ降(くだ)らんと
清き御衣(みけし)を召し、天(あま)の御門(みかど)から出でましゝかど、
一足(ひとあし)外へおはせれば、天上より外をかつて見ぬ
御目(おめ)に遥けき下界(けうと)はいと気疎(けうと)く、おどろおどろしく、
怪しき音も聞こえ来ぬ。天忍穂耳(あまのおしほみゝ)は、されば、
天の浮橋から下界を臨睨(したおせ)りて、「未だ彼(か)の地(くに)は
喧擾(さや)ぐやうなり。あれをして平らけしとはえ言ふまじ。
地上(つち)と言へるは不須也頗傾凶目(いなかぶしいこめ)きかも」と宣へり。
そのまゝしばし浮橋に独り立たしておはせれど、
天忍穂耳(あまのおしほみゝ)はやがて再び天の御門へと
入(はひ)りたまひて、日神(ひのかみ)の御前に参りたまひたり。
「などかは地上(つち)へ降(くだ)らぬ」と日神の問ひたまへるに、

第二部　83

答へて天忍穂耳曰さく、「いまだ彼の地は平らかならず。今しがた天の浮橋の上から下界を窺ひいたしゝが、地上には悪しき気配あり。荒ぶる国つ神どもぞ蓋し地上には潜むらし、昼には悪しき鬼神が蠅声のごとく騒がしく、夜は怪しき螢火があなたこなたを飛び違ふ。また岩、草木、おのづから能く言語ひて静まらず、天上から神を迎ふるがごとき気色はつゆ見えぬ。けだし地上にはこの天を拒む心もありやせむ、いかにも足を入れがたき気配にいとゞ気圧されてえも天降りかね奉る。思し許させおはしませ。」かくて天忍穂耳は天降りましまさゞりき。

　高皇産霊尊、このあらましを聞こしめせるに、再び天上に広ごれる八湍の河原に神たちを召し集へたり。彼問ひて宣はく、「今、日神の『かの葦原の国はわが御子の領るべき国なり』と詔らしゝかども、御子にます天忍穂耳尊、天の浮橋より下界を見そなひしかば、彼の地は荒ぶる国つ神どもに満ちて、夜には螢火が飛び交ひ、昼は五月蠅なす鬼神どもが沸き騰がり、天より神を受け容るゝ気色見えずと宣へり。

されば天(あめ)より日神の御子の天降(あまくだ)りたまはむ

前に、まづこの道速振(ちはやふ)る鬼神どもを撥(はら)はしむ

べきと思ふが、神たちよ、このこと如何(いかゞ)思し召(おぼ)す。」

されば再び御子にます八意(やごゝろ)の神思兼(おもひかね)、

諸神(もろかみ)たちの間にて深く謀(たばか)り、惟(おもひみ)て、

かく宣へる、「畏みてわが考へを申し上ぐ。

父尊(かぞのみこと)よ、神たちよ、まこと地上(つち)には数知らず

邪鬼(あしきもの)なむ棲(す)まふらむ。しかしてこれを払はんと

地上(つち)と戦(いくさ)をせばすべて払ひ得るものならめやも。

もとより地(つち)は天(あめ)ならず、天の意(こゝろ)を知らざれば、

地(つち)より出づるものどもと天(あめ)より降(くだ)るものたちは

相容れぬもの。いかほどに地(つち)を平(む)けんと努(つと)むとも

地(つち)は必ず天よりも地(つち)から出づるものどもを

愛(うつく)しがらむ、もしそれが邪鬼(あしきもの)どもならむとも。

あるいは邪鬼(あしきもの)どもとわれらに見ゆるものども、

地(つち)からすれば愛ほしき子供のごときものならむ。

しかればこれを払はんとする試みは限りなく

涌(わ)く蠅や蚊を払ふほど終はらぬ仕事(わざ)となる定め、

払へば払ふほど鬼が増すことにこそなるべけれ。

天の意(こゝろ)を彼(か)の地(つち)に伝ふる術(すべ)はたゞひとつ、

それは地上(つち)との終はりなき戦(いくさ)を起こすことならず、

地上(つち)を領(うしは)きたる神に国を譲(ゆづ)らすることなり。

今、地上は大己貴神の治むるものなるに、
たゞこの神にこそ天は使ひを遣らめ。もしもこの
大己貴ぞ彼の地を譲らば、邪鬼どもゝ
おのづと天に従はむ。まこと然様に事成らば、
なぞ日神の御子なほも天降りかね給はめや。」
かく八意の思兼宣ひたれば、諸神も
高皇産霊もこのことをまさに理なるべしと
宜ひたまひたり。されば高皇産霊の問ひたまふ、
「思し合ひたるものと見ゆ。されば使ひは誰にせむ。」
諸神たちは、さりければ、これに答へて宜はく、
「されば同じく日神の玉より生れたまひたる
御子天穂日命は神の傑物なり。
などて試みたまはざるべけむや。彼ぞ相応しき。」
かくしてこゝに諸々の事の定まりたりしかば、
すなはち高皇産霊から天穂日へと御言葉が
下りまつりて、天穂日いよいよ地上へ降ります。

　それから三年過ぎたりき。いまだに報聞は無く、
いかに成りたるものか露知られざるまゝなりしかば、
これを怪しく思したる高皇産霊の「この上は
地上へさらなる使ひをば遣るよりほかに術無し」と
思して、天穂日が子の大背飯三熊之大人を

使ひに定めたまへれば、大背飯三熊之大人（おほせびのみくまのうし）ぞ
翡翠（ひすい）の御衣（みそ）を靡かせて下界へ飛び去りたまひたる。

　さらに三年（みとせ）ぞ過ぎ去りし。いまだに報聞（かへりごと）は無く、
いかに成りたるものかなほ知られ得ぬまゝなりしかば、
いやもどかしく思したる高皇産霊（たかみむすひ）は下界が今
如何なる様（さま）になれるかを探（さぐ）らせんとて、一匹（ひとひき）の
鳩を遣（つか）はしたまひたり。しかれば鳩はふつふつと
羽振（はふ）りて下界へ飛び去りつ。
　　　　　　　　　　　　さて、この鳩は事もなく
地上（した）に降り立ちしかば、すぐ粟田豆田（あはたまめた）の実りたる
ところへ行きて、粟豆（あはまめ）をくちくなるまで啄（つきは）めり。
されど仕合はせなることに、畑（はたけ）を見そなはむために
天穂日（あまのほひ）なむ出でまして、鳩に出で会ひたまへるに、
にはかに鳩が天（あめ）上からの使ひと思し至りたり。
天穂日（あまのほひ）、疾くこの鳩を宮に持（と）ち帰りたまひて、
天（あめ）上へと送る伝言（ことづけ）を認（した）めたまひたれば、「やれ、
これを天（あめ）上まで届けよ」と手紙を鳩の右脚（たより）へ
結（ゆ）はへたまひて、この鳩を空へと放ちたまひたり。
　すなはち天穂日（あまのほひ）からの手紙（たより）の天（あめ）上に届きしに、
高皇産霊（たかみむすひ）ぞこの書（ふみ）を読みたまひたる。書曰（ふみいは）く、
「畏み、恐れ、謹しみて、事の由（よし）をば申し上ぐ。

第二部　　87

母(はゝ)の御言葉を承(うけたまは)りてこの地上(つち)へ
降り候ひてし時は背く心はさねあらで、
天(あめ)の意(こゝろ)を伝へんとまことに思ひ候ひき。
しかれども、大己貴神(おほあなむちのかみ)を尋ねて行くほどに
僕(やつかれ)、地(つち)の芳(かぐは)しき様をあはれみ候へり。
また、つひに大己貴神(おほあなむちのかみ)に見(まみ)えたれば、まさに
この神、国の誰よりも忠実(まめ)に働きましまして、
民は潤ひ、田は実り、幸(さち)は豊かに倉を満て、
何もかもたゞ恙(つゝが)なく平(たひ)らけく見え候へり。
天上(あめ)にましあます神たちよ、まこと地上(つち)をや奪ふべき。
願はくは、さる企てを再び思(おぼ)し直しませ。
僕(やつかれ)、地上(つち)を知るほどに地上(つち)が親しく思はれて、
大己貴神(おほあなむちのかみ)のもと働くことにいたしたり。
大背飯三熊之大人(おほせびのみくまのうし)も今、僕(やつかれ)と共々に
働けるなり。神たちよ、輝く天上(あめ)にいますとも
はかなき地上(つち)の幸ひを悪(わろ)きものとはな思(おぼ)しそ。」
高皇産霊(たかみむすひ)は、されば、また八湍の河原に神たちを
召(つど)し集へたり。また問ひて宣はく、「今、言伝(ことづて)を
運びて鳩ぞ帰りしが、曰く、天穂日命(あまのほひのみこと)、
天(あめ)の意(こゝろ)に逆らひて大己貴神(おほあなむちのかみ)に媚び、
これからはたゞ地上(つち)のため務めをせんと思(おぼ)すなり。
彼(かれ)を使ひに遣りたるはされば過ちなりにけり。

諸神たちよ、さりければ、彼よりさらに頼もしき
神を遣るべけれども、さて、いづれの神かふさはしき。」
これに答へて神たちの曰く、「天國玉の
子たる天稚彦ぞ良き。あれこそ壮士なるぞ。
試みたまへ。」さりければ、高皇産霊はこの若く
形清しき神を召し、「これを受けよ」と見事なる
天の弓矢のひと揃へ、すなはち天鹿兒弓と
天羽羽矢を賜はせて、やがてこの天稚彦を
地上へ遣はしたまひたり。

　　　　　　　　　　　　それから八年うち過ぎぬ。
八年過ぎても報聞ひとついまだにおとなはず、
いとも訝しかりしかば、高皇産霊ぞこのことを
憂ひたまひて宣はく、「八年前、天稚彦を
地上へ遣りしかども、かつて来報しに参り来ず。
あるいは国つ神どもを責め伏せかねて為侘ぶらむ。」
しかれば高皇産霊、また下界を探らしめんとして、
無名雉の一匹を召し出で〻宣はく、「これ、
雉よ、汝に令す。天稚彦といふ者を
地上へ使ひに遣りてからすでに八年を経ぬれども、
打ち絶え来報あらず、事の様知れ難ければ、
下界にて何が起こりしか窺ひに行け。」さりければ、
雉は小さく鳴きて、すぐ天の下へと飛び下りつ。

第二部　　89

棚引く雲を抜けたれば、涼しき風に打ち靡く
秋の尾花がさらさらと野原の面にさやげりし。
田には黄金の稲が揺れ、人は忙しく穫り入れし
稲穂を稲架に干したりき。雉はそこに建ちたりし
めでたき殿の門前の桂の枝に留まりたり。
殿の庭には一組の夫婦ぞ共に寄り居しに、
下照姫が妻君にて、天稚彦が夫君なり。
黄や紅のもみぢ葉がほろほろと降り積む中に
仲睦まじく居りしかば、下照姫の問ひたまふ、
「われら夫婦となりてから早八年なむ過ぎにける。
久しく天上の神たちに見えたまはぬやうなるが、
報告しに出でまさで神たち怒りたまはずや。」
天稚彦の、さりければ、女君に答へたまへるに、
「怒らば怒るまゝにせん。われは天上には帰るまじ、
汝ねを初めて見てしより天のことなど忘るれば。
彼方の神の心など誰かは構ふべからめや、
汝ねのごとくに香ぐはしき妻の隣にゐるときに。
見よ、くれなゐのもみぢ葉がわれらの庭に降り積もり、
快く吹く秋風に荻の花なむさやぐなる。
田には稲穂がさはに揺れ、人は実りを倉に積む。
地上は天上より豊かなり。地上こそものゝあはれなれ。
われの望みはこの日々がたゞいつまでもうちはへて

続くことのみ。神たちの目から隠れていつまでも
こゝに暮らさん。あゝ、天(あめ)は不幸せなり！　この地(つち)の
得さする富をひとかけも知らざれば！　今、わが君は
天上(あめ)の神たちならず、わが汝妹(なにも)なりけり。汝(な)ねこそが
このわが胸に君として永久(とは)にますべきものなれば。
かしこき君よ、僕(やつかれ)を長く侍(さぶら)はしめたまへ。」
かく愛(うつく)しく聞こせれば、下照姫(したてるひめ)も喜びて
返したまはく、「汝兄(なせ)よ、わが心も汝兄(なせ)と同じなり。
たゞ斯く共に寄りゐれば、心はつぶと満ち足れり。
あゝ、美しきものはみなこゝにありけり。傍(かたは)らに
かく汝兄(なせ)がゐて、のどやかに紅葉葉が散り、風が吹き、
秋の深まりゆけば、このほかに何をか望まゝし。
時は移ろひ巡るとも、世はいつも斯くあらまほし。」
されどこの時、然(さ)る様(さま)を陰に隠れて覗けりし
天探女(あまのさぐめ)がおもむろに庭に来て、天稚彦(あめわかひこ)に
曰(いは)く、「あそこの枝を見よ。門(かど)の桂(かつら)の樹の上に
奇(あや)しき鳥ぞ留(と)まりたる。弓矢にて射(う)ち殺すべし。」
見そなひたるに、樹の杪(すゑ)にまこと奇しき鳥が居(を)り、
こなたを見張りたるやうに見えしかば、天稚彦(あめわかひこ)は
天(あめ)を出でましたる時に高皇産霊尊(たかみむすひのみこと)から
賜(た)ばりし天鹿兒弓(あまのかごゆみ)と天羽羽矢(あまのはゝや)を持ち出だし、
梢(こずゑ)に留(と)まる雉(きぎし)へと矢を引き放ちたまひたり。

さりければ矢はあやまたず雉の胸を貫きて、
雉は桂から落ちぬ。「汝妹は恐れたまはざれ、
奇しき鳥は射落とせり。われらを脅かすものは
すでに失せぬ」と宣ひて傍らに天稚彦が
座しゝかば、下照姫もやうやう思し鎮まりき。
　雉の胸を貫きし矢の天にまで至れるに、
高皇産霊ぞ出でましてこの矢を拾ひたまひたる。
「これはわが天稚彦にかつて持たせしものに見ゆ。
矢の先に血ぞ付きたるが、今し来たるは何ゆゑか。
あるいは国つ神どもといとゞしく相戦へば、
放ちたる矢の一条がゝく天上にまで飛びしか」と
矢を怪しがりたまへれば、高皇産霊は「もし彼の
悪しき心をもちてこの矢を放ちたるものならば、
彼に害あれ。もしも正しき心にてならば、
咎み無かれ」と矢を呪ひ、下界へ投げ棄てたまひたり。
さればあたかも隼の獲物を見つけたるやうに
逸早く矢は落ち下り、新嘗をして寝ね臥せる
天稚彦が胸の真中を深く突き刺しぬ。
人が「反し矢忌むべし」と言ふことはこの由縁なり。
　ひとゝきいたく苦しげにうめく声なむ響きしに、
胸の潰るゝ心地して下照姫のそこへ疾く
出でましたれば、既にして天稚彦に息は無く、

殻はぬくきま、ながらとく薨りておはしたり。
下照姫ぞ亡骸の袖に縋りて泣き狂ひ、
「死にては嫌」と嘖りては嘆き悲しみ給へるに、
その泣く声は遥かなる天の国まで至りたり。
さりければ天稚彦の父君天國玉は
これを聞こして、御子のとく薨りしを知り給へれば、
「あれも天上にて生れし神。地に葬るものかは」と
級長津彦を召して、「かの殻を天に上ぐべし」と
仰せつけたり。さりければ、級長津彦は荒ましき
疾風を召して、亡骸を上ぐべく下界へ遣はしき。
疾風は高き雲居からびうと鋭く吹きくだり、
死せる夫の片方からえ離れず啼泣ちたまへりし
下照姫の腕から殻を奪ひ取りたるに、
姫を残して殻のみ天上へと運びまつりたり。
地上に残されまつりたる下照姫はこれもみな
天上にまします神たちの仕業と悟りたまへれば、
何も何もが情けなく、辛く、悔しく思されて、
天に向かひて宣へる、「わが夫を帰らしめたまへ、
夫子を返したまへ、こゝに再び住まはしめたまへ！
などかは許したまはざる、われらの小さき幸ひを、
天上にはあらぬ幸ひを、地上のみにある幸ひを！
天ぞ何をか知りたまふ、彼の何をか知りたまふ！

何一つ知りたまはずに、などやわが夫を取りたまふ！

夫は麗しき神なりき、さね悪しき神ならざりき、

彼さへあればわが世には欠くるものなどあらざりき！

天よ、夫を帰らせたまへ、わが夫をわれに見せたまへ、

われらの共にありし日を、わが夫を帰らしめたまへ……」

　しかるに天國玉は天上に殯の宮を建て、

疾風の運び来まつりし天稚彦の屍を

棺に入れてその宮に収めたまひつ。「あゝ、吾子よ、

重き務めを賜りて汝の下界へ発ちしかば、

大き功を立つべきはわが子ならんと思ひしが、

などかは国つ神などの女に誑かされけむ。

天に背かば滅びんと知るべかりしに、愚かなる

天稚彦は神たちを欺き得むと思ひしか。

せめて殯をよくすれば、な恨みそ」と宣ひたれば、

天國玉、川雁をもちて供物を運ばする

傾頭持ちとし、また喪屋の塵や芥を掻き払ふ

箒持ちともし、さらに雀をもちて舂女とし、

諸々のこと鳥どもをもちて事任せたまへり。

しかれば天國玉は天稚彦のために哭き、

啼び、悲しみ、恋ひ歌び、八日八夜殯したまへり。

　然る折、天上へ昇り来る神一柱おはせしが、

時にこの神の容貌を見そなひたるに、その面は

まさに天稚彦の顔そのものゝ顔なりしかば、
天國玉、なほ泣きて宣はく、「天稚彦が
黄泉から帰りける！　吾子は再び天上にいましけり！」
神たちはみな喜びてこの神のまはりに集ひ、
衣や帯に攀ぢかゝり、喜び慟ひたまひしが、
天稚彦の生きたりし頃に肖えたるこの神は
それを激しく振り払ひ、怒りに面を火照らせて
宣はく、「われ、朋友の喪を相弔はんとして
汚穢しきに憚らず遠く天上まで参れるが、
そを何すれぞ汝らは亡せにし者と誤つか。
我は味耜高彦根、大己貴神の御子、
亡き者の友なりしかど、死せる神にはあらざるぞ！」
されば味耜高彦根、腰に佩かせる御剣の
大葉刈をば抜きまして、喪屋を斫り仆せたまひたり。
喪屋はしかれば敢へなくもどうと崩れて地上へ落ち、
すなはち山となる。美濃の藍見の川の川上に
ある喪山なり。世人の生きたる者を亡き者に
誤つことを忌むは、これこの日のことの所縁なり。
「あはれ、天稚彦までも天の意に背きけり。」
喪屋を破られて徒らになりし殯を見そなひて
高皇産霊のうち嘆きたまへりしかば、思兼
御前に参り来たまひて、申し給はく、「許しませ、

これすべてわが考への至らざりにしゆゑなれば。
地上(つち)を領(うし)きたる神を言向(ことむ)くべきといふことは
かけて誤りならざれど、旨(むね)の正しからむからに
正しき旨がおのづから成る理(ことわり)はなかりけり。
父上のまづ遣はしゝ神は天穂日命(あまのほひのみこと)、
これは天忍穂耳尊(あまのおしほみゝのみこと)が弟(おと)にましゝかど、
この神、あまり心良くませれば、地上(つち)にますうちに
地上(つち)に御心が移りて、務めを忘れたまひたり。
次に遣はしたる神は天稚彦(あめわかひこ)におはせれど、
事しもあれ大己貴が娘たる下照姫(したてるひめ)を
娶りて、地(つち)の幸ひの中に溺(おぼ)ほれたまひたり。
みな心良き神たちにませれど、稜威(いつ)を欠きたるに、
鎧はぬ衣には花の匂ひぞ易く移るらし。
父上、地上(つち)は囂(かしま)しく汚きものと伺へり。
さればいかほど有り難きことをそこにて申すとも
声は騒ぎに埋(うづ)もれむ。いかなる花や木の種も
汚(うき)き沼地の藪陰に蒔(ま)けば芽吹かぬごとくなり。
地上(つち)を言向くるためには天の力をまづ示し、
鬼を滅ぼし、囂(かしま)しき騒ぎを鎮むべかりけり。
いかに貴き思ひとて声あらざれば伝はらず、
いかに正しき御法(みのり)とて剣(つるぎ)無しには広まらぬ。
既にわれらは二度(ふたゝび)も使ひを送り出だしゝが、

地はさらさら日神の御言を容れぬやうなれば、
さゝめきならず轟きを、微風ならず雷を、
美はしげなる言ならず剣をもちてこの天上の
意を地上の強情ましき神どもに聞き入れさせん。」
かく聞こせれば、このことを理なりと思したる
高皇産霊は神たちをまた召し寄せて、宣はく、
「天稚彦も背きたり。しかれば次は弥強く、
弥猛く、弥頼もしき神を遣るよりほかに無し。
さほど力に漲らふ神やはいます。教ふべし。」
されば神たちの申さく、「磐裂と根裂神の
生みし子の磐筒男と磐筒女の生みし子の
經津主神、これ佳けむ。燃え盛る火の神の血が
磐に掛かりて生れまし、剣の神にましませば、
この經津主神よりも強き神などいまさめや。」
高皇産霊は、さりければ、この經津主神を召し、
勅して宣はく、「益荒猛男よ、聞こすべし。
『かの葦原の国はわが御子の領るべき国なり』と
日神の詔り給へれば、地上に使ひを遣りしかど、
大己貴神にみな押し返し誘へられて
天に背きつ。されば今、丈夫なる汝をもちて
地上へと下す最後の使ひとす。いざ天降り、
国を譲らせ、囂しき鬼神どもを駆除ふべし。」

「畏き御言、謹みて承る」と經津主は

畏みて、いざ参らんと疾く罷りかけたまひしが、

「待たれよ」といふ大声がその時ふいに轟きし。

諸神たちが声のせし方を見そなへれば、独り

兜や籠手を御身に着け、弓と矢を負ひ、太刀を佩く、

聳ゆるごとく逞しき益荒神なむおはしたる。

この神、前に出でまして、御名を名乗りて宣はく、

「われは武甕槌、天岩窟を守りいますがる

稜威雄走神から生れし甕速日神の

生みし熯速日神に生れし神なり。日神の

御言によりて彼の地を平らげに天降る由

聞こえしかども、この天上に丈夫は豈唯独り

經津主神のみなれや。われは丈夫にあらずや。」

かく宣ひし気勢と語気の慷慨しかりしかば、

これを宜しと思ほして高皇産霊の宣はく、

「正に汝も然るべき益荒猛男と見受けらる。

されば如何でか經津主神が共行くべからずや。

武甕槌よ、令す。汝、雄雄しき神なれば、

この經津主神が共降りて地を言向けよ。」

　經津主と武甕槌は、然れば、地上へ降らんと

帯び給ひたる武具を整へ給ひたりしかど、

この時、空に凶兆の星が輝きて

あやしき声ぞ聞こえたる。「ゆめゆめ急ぐことなかれ、
あへて勢ふことなかれ。急がば道を誤らん。
急ぎて道を誤らば、剣(つるぎ)も敵(あた)を誤たん。
勇(いさ)みを誇る神たちよ、などて力にのみ頼る。
などか剣(つるぎ)をうち置きて時の流れに委ねざる。
時はいかなる兵(つはもの)もやがて冷たき尸(かばね)にす。
時は尸(かばね)を土に変へ、土に草木を茂らしむ。
時は努めて成らざりしものをにはかに成らせ、また
やうやう成りしものをふとうち崩す。もし汝(なむち)らが
天(あめ)の意(こゝろ)を成らさんとまことに思ひたるならば、
剣(つるぎ)を置きて、たゞ時が業(わざ)成す様をうち守れ。
さらば全てはおのづから成るべきやうにこそ成らめ。」
これを聞こしゝ經津主(ふつぬし)ぞ星に訊ねて宣はく、
「誰か申せる。名を名乗れ。」然(しか)れば星の答ふらく、
「某(それがし)は天津甕星(あまつみかほし)、または香香背男(かゞせを)とも申す。」
されば經津主(ふつぬし)、久方の天(あめ)を齋(いは)ひて宣はく、
「天つ御座(みくら)に神留まりいますがる天祖(あまつみおや)よ、
汝(みまし)の始めたまひたる御業(みわざ)にませば、佳けまくも
畏(おそ)るべきその意(みこゝろ)になどかは背き奉(まつ)らめや。
天(あめ)の彼方に今ひとつ悪しく物言ふ星あれば、
この悪しき星、香香背男(かゞせを)をわれに誅(つみな)はしめたまへ。」
されば經津主(ふつぬし)、佩(は)かしたる太刀(たち)を鋭(すど)く抜きまして、

天の果てまでおはしまし、香香背男を討ち給ひたり。
すなはち時に經津主を齋主とも申すなり。
　かくてめでたく凶兆の星の失せたれば、
こゝにいよいよ經津主と武甕槌の神たちが
雲を切り裂く雷となりて天から降ります。
その雷の轟きは地上を満たして蠅声なす
鬼神どもを怯えさせ、岩や草木も怖ぢさせぬ。
「国の主はいづこか！」と經津主と武甕槌は
剣を抜きて国中を巡り徘徊り行きながら
逆ふる邪鬼どもを心置き無く斬戮し、
物言ふ岩をうち砕き、騒ぐ草木をうち払ひ、
やがて五十田狭の小汀に至りたまひつ。小汀には
海を眺めて物思ふ影なむひとつ見えたるが、
この影こそは他ならぬ大己貴におはせしか。
されば二柱の神は十握剣を逆に
地に突き立て、その鋒端にうち踞みゐて、宣へり。
「地上を領きたる神よ、いま天照大神ぞ
『かの葦原の国はわが御子の領るべき国なり』と
仰せらるれば、天神高皇産霊尊なむ
国を譲らしめんとしてわれらを遣ひ給ひたる。
汝が意如何なれや。国を譲るか、譲らぬか！」
されば大己貴神応へたまはく、「然る事は

我が子たる事代主(ことしろぬしのかみ)神にまづ問へ。もしあれが
答へを述べば、その後(のち)にまた改めて答へせむ。」
「さればその事代主(ことしろぬし)が何処(いづち)にあるか伺はむ」
とぞ經津主(ふつぬし)の問ひまし、。大己貴(おほあなむち)の宣はく、
「あれはおそらく今ごろは三穂(みほ)の碕(さき)にて釣魚(つり)すらむ。」
されば經津主(ふつぬし)、三穂へ遣る使者(つかひ)に稲背脛(いなせはぎ)を立て、
熊野の木にて拵へし諸手船(もろたふね)へと乗らしめて、
事代主(ことしろぬし)の意(みこゝろ)を伺はしめに遣(つか)はしつ。

　多(さは)に漕ぎ手のありしかば船の進みは速(すむ)やけく、
岸を巡りて清々(すがすが)と三穂(みほ)の碕(さき)まで至りたり。
されば稲背脛(いなせはぎ)は船の舳(へさき)に立ちて、陸方(くがざま)に
目を凝らしゝが、然(さ)ればこそ、うらうらと日の照る下に
男の少し肥えたるが長閑(のどか)に釣りをして居りし。
稲背脛(いなせはぎ)、この様を見て直ちに船をその方(かた)に
寄せさせしかば、船を降り、釣り人に訊ね申さく、
「其処(そこ)なるは事代主(ことしろぬしのかみ)神とぞ見受け仕(つかまつ)る。
今、天(あめ)上にます天照大神の仰せられたる
御言(みこと)ぞありて、この国を天つ神の子孫(うみのこ)へと
譲らしむべく經津主(ふつぬし)と武甕槌(たけみかづち)の神たちぞ
ましまして大己貴(おほあなむちのかみ)神にそを聞きたまへるが、
『事代主(ことしろぬしのかみ)神にまづ問ひて参れ』と聞こせれば、
こゝに僕(やつかれ)稲背脛(いなせはぎ)、御心(みこゝろ)を伺ひすべく

畏みて参出で来たり。返答、如何に申さむ。」
されば事代主、竿を片方に置きて宣はく、
「この度はかく礼やかに伝へ給へばいとむがし。
されば帰りて我が父に斯く返事申すべし、
『大己貴命の子、事代主神は今
天つ神から厳しき辭を承れば
まさに地から避らんとす。我が父も避り奉るべし。』」
されば事代主、沖に蛋舟を漕ぎ出でたまひ、
小波頻立つ海中に八重の蒼柴籬を組み、
逆手を打ちて、船枻を踏みて、神隠れたまへり。
　かく伺ひし稲背脛、すなはち浜に帰り行き、
待ち給ひたる神たちに報命をば申したり。
「汝が怙みたりし子は既に去れりと聞こえたり。
大己貴よ、如何する。いよいよ国を譲るか」と
いとゞ勢ひいかめしく勇みたまへる經津主ぞ
大己貴を詰めたまひたれば、ふと「誰が来たりや」と
声が聞こえて、手末に千引之石を指捧げたる、
經津主に劣らぬほどの大男なむ出で来つる。
すなはちこれぞ軍神建御名方におはしたる。
「汝ら蕃神どもが忍忍に何を言ふ。
この国はわが父上が御身を削りて成しゝもの。
天の何某かわれはさらさら知らねども、

この葦原の安国はかけて誰にも奪はせぬ。」
建御名方神、斯くし宣ひたれば、指捧げたる
千引之石を浜に置き、水際に御手をうち濯ぎ、
水を払ひて柏手をかわらかに打ちたまひたり。
また宣はく、「武具を捨てよ。剣も脇へ置け。
鎧も太刀もうち捨てゝ、潔くこそ戦はめ。」
されば武甕槌、まさに鎧も太刀も擲ちて
素衣となり、さゞ波に御手を同じくうち濯ぎ、
同じく高く柏手を打ち響かせて、宣ふに、
「われが相手とならん。いざ力のほどを見せてみよ。」
かくて五十田狭の小汀に雄雄しき益荒神たちぞ
互ひを睨み合ひながら立ち向かひ合ひましまし。
側にて目守る經津主も大己貴もひたぶるに
物を宣ひかねしかば、しばし辺りは白妙の
波音にのみ包まれてにはかに静かなりしかど、
ふいに建御名方神、武甕槌に組みかゝり、
二神とも力づく組み合ふやうになりましき。
共に丈夫におはせれば、共に一歩も譲らず、
手足、首、腹、ことごとく力に張りて、とめどなく
汗が額を流れ落ち、目は赤く血走りたるが、
「今こそ腕を取りて投げ飛ばさん」と建御名方が
隙を狙ひて右側へ御手を動かしたまへれば、

第二部　　　103

武甕槌（たけみかづち）の臂（たぶむき）は立氷（たちひ）のごとくなめらかに

滑りて、いかに摑むともえしも摑みたまはざりき。

されば建御名方（たけみなかた）、「されば次は右腕を取らん」と

力のかぎり左手をむずと押し上げたまへれど、

武甕槌（たけみかづち）の右腕（つるぎ）は剣のごとく固くなり、

いかに力を加ふともいさゝかも動かざりたり。

さりければ武甕槌（たけみかづち）は「それが汝（なむち）の力か」と

力を込めてぎりぎりと建御名方（たけみなかた）の左手を

あたかも葦を折るごとく握りて拉（ひし）ぎたまへるに、

建御名方（たけみなかた）を投げ離（う）ちて地（つち）に叩きつけたまへり。

わりなく砂に横たはりたまひたる建御名方（たけみなかた）が

厳（いか）めしき武甕槌（たけみかづち）を地（つち）から見上げたまへれば、

あたかも若き山猫の日ごと多くの小鼠を

殺して遊ぶうちおのが力に酔ひて「我よりも

強きものなどあるまじ」と驕れるが初めて森の

中にて虎に出で会ひて覚えず竦みたるごとく、

かつても知らぬ慄きが御身（み）を貫きまつりたる。

すなはち猛（たけ）き軍神（いくさがみ）建御名方（たけみなかた）は拉げたる

御手を抑へてたちまちに浜を逃げ出でたまひたり。

されば武甕槌神（たけみかづちのかみ）、疾風（はやち）のごとく後を追ひ、

共にひたすら東（ひむかし）へ駆けりたまひたれば、つひに

疲れを知らぬ神たちは追ひつ追はれつ水薦刈（みこもか）る

信濃の諏訪の湖の岸にぞ至りたまひたる。

時に建御名方神、岸に倒れて宣はく、

「殺さば殺せ。この力比べはわれが敗れたる。

われも軍の神なれば黄泉など露も恐るまじ。

されど止めを刺す前に、ひとつ問はせよ。何ゆゑに

かくまで強き。われこそはこの国のいや猛き神

なるべかりしが、如何にぞや、汝には敵はざりけらし。

いかなる故にさるほどの力を得たる。明かすべし。」

されば武甕槌神、問ひに答へて宣はく、

「われは汝を討つために来たるにあらず。敗れたる

ことを認めし者をなほ責むるほど汚くもなし。

われの望みはたゞひとつ。いざこの国を譲るべし、

それぞ天照る大神の思し定めしことなれば。

汝はわれをいや強き神と思へるやうなるが、

まことを言へば、わが力、然まで汝に勝るまじ。

わが勝ちたるにゆゑあらば、それは蓋しく汝より

重き義務を被りて事に当たりしゆゑならむ。

汝も強し。強ければ、むなしく天と争はず、

天の意に適ふべきおのが義務を考へよ。」

建御名方の宣はく、「怪しき話は数あれど、

汝の語りしやうなるは今しはじめて聞こえたり。

強ければ勝つ、弱ければ負くるとばかり思ひしに

何ぞ天<ruby>な<rt>あめ</rt></ruby>などが勝ち負けにかゝはるか知らざりけるが、
われを負かしゝ汝の斯く殊更<ruby>(まし)<rt></rt></ruby>に言ふことなれば、
いかでかこれを痴れ言と侮りて聞き過ぐさめや。
汝の勝ちなり、益荒男よ！　帰りて父に言付けよ、
『<ruby>建御名方<rt>たけみなかたのかみ</rt></ruby> 神もこの国を<ruby>天<rt>あめ</rt></ruby>に譲りたり』と！
此処に来たるも<ruby>縁<rt>えに</rt></ruby>なれば、われは<ruby>此方<rt>こなた</rt></ruby>へ留まりて
諏訪を守らん。<ruby>五十田狭<rt>いそたさ</rt></ruby>の<ruby>小汀<rt>をはま</rt></ruby>へ汝は帰りゆけ。」
<ruby>建御名方<rt>たけみなかたのかみ</rt></ruby> 神は斯く諏訪にまします神となり、
<ruby>武甕槌<rt>たけみかづちのかみ</rt></ruby>神のみぞ<ruby>五十田狭<rt>いそたさ</rt></ruby>へ帰りたまひし。

「<ruby>建御名方<rt>たけみなかたのかみ</rt></ruby> 神もこの国を譲ると<ruby>諾<rt>うべな</rt></ruby>へり。
もしも他にも訊ぬべき御子あらば、いざ申すべし。」
<ruby>武甕槌<rt>たけみかづち</rt></ruby>然問ひたまひたれば、<ruby>大己貴<rt>おほあなむちのかみ</rt></ruby> 神、
矛を浜辺に突き立てゝ答へたまはく、「この国は
このわれと<ruby>少彦名<rt>すくなひこな</rt></ruby>が造れる。雨に濡れながら、
<ruby>泥<rt>ひぢ</rt></ruby>に汚れながら、<ruby>邪鬼<rt>あしきもの</rt></ruby>どもと戦ひながら、
たゞの<ruby>一日<rt>ひとひ</rt></ruby>も休まずにわれらはこれを造れるぞ。
<ruby>日神<rt>ひのかみ</rt></ruby>の仰せたることに背く心は無けれども、
わが<ruby>仕事<rt>わざ</rt></ruby>を押し取ることがまことに<ruby>天<rt>あめ</rt></ruby>の<ruby>意<rt>こゝろ</rt></ruby>やは。
力任せに奪ひたる国が久しく栄えめや。」
この問ひを思し入れたる<ruby>經津主<rt>ふつぬし</rt></ruby>と<ruby>武甕槌<rt>たけみかづち</rt></ruby>は
<ruby>天<rt>あめ</rt></ruby>に昇りてこのことを<ruby>報告<rt>かへりこと</rt></ruby>申したまひつ。

さりければ、高皇産霊の勅^{みことのり}して宣^{のたま}はく、

「彼の申すことを聞くに、深き理^{ことわり}あり。されば、

彼に伝へよ。この先はこの国の顕露之事^{あらはなること}は

これ日神^{ひのかみ}の子孫^{みまたち}ぞ治^しらすべきなり。さりけれど、

この国の幽事^{かくれたること}は汝^{なむち}が治^しらせ。この国を

譲らするとてわれら豈^{あに}国を押し取るものならず。

汝^{なむち}のために、故^{かれ}、天日隅宮^{あまのひすみのみや}を敷き建てむ。

まさに千尋^{ちひろ}の栲縄^{たくなは}をもちて結^ゆふこと百^{もむすび}

余^{あまりや}八十紐^{そむすび}に結^{むす}び、造宮^{つくり}の則^{のり}を定むるに

柱は高く太く立て、板は分厚く広くせむ。

御田^{みた}も作りて、国民に初穂^{ひとくさ}を捧げ奉^{まつ}らせむ。

海には天鳥船^{あまのとりふね}を浮かべ、高橋浮橋も

造りて、海に遊ばんと汝^{なむち}の思ふ日はいつも

容易^{たやす}く往来^{かよ}ひ得むやうに備へむ。さらにもし天上^{あめ}を

訪ねむとすることあらば、汝^{なむち}がために打橋^{うちはし}を

天安河^{あまのやすかは}に渡さむ。百八十縫^{もゝぬひあまりやそぬひ}の

白楯^{しらたて}も作らせむ。また汝^{なむち}を祭る御祭祀^{おまつり}を

司^{つかさど}らするには天穂日命^{あまのほひのみこと}に任すべし。

民は汝^{なむち}をいつまでも大國主神^{おほくにぬしのかみ}と呼び、

汝^{なむち}が仕事^{わざ}を万代^{よろづよ}に思ひ起こして、斎^{いは}ふべし。」

斯く聞こしたる經津主^{ふつぬし}と武甕槌^{たけみかづち}のいちはやく

下^{した}界に下^{くだ}りて、五十田狭^{いそたさ}の小汀^{をはま}にて待ちたまひたる

第二部　　107

大己貴に然然を申し伝へたまひたれば、
大己貴は少しの間思し巡らせおはせしが、
やがて答へて宣はく、「神代は終はりつゝあらし。
それもよからむ。行く末は人ぞこの世を治むべき。
されど言葉の通り、ゆめ人に忘れさすな、国を
造りしは豈人ならず、大國主神なりと！
されば帰りて伝ふべし、『勅、懇懃なれば、
勅命に豈われも従はざらめやは』
とわが答へしと。」さりければ、大己貴は広矛を
經津主と武甕槌に授けて宣はく、「これを
受け取れ。これはわれがこの国を平らげたる時に
杖きし矛なり。この国を治むために使ふべし。
さればわれには現世にし残せること何も無し、
今し隠れむ。この国の行方をくれぐれも頼む。」
すなはち瑞の八坂瓊を御身にまとひて、百足らず
八十隅へと永久に大國主は隠れたまひつ。

第三部

　天穂日命が先づ天から降りましゝより
大己貴命なむ国を譲りましゝまでに
多くの年の過ぎしかば、天忍穂耳尊
この暇に高皇産霊尊の愛しき女の
栲幡千千姫を娶りて、御子たちを生みたまひたり。
これ饒速日命と瓊瓊杵尊におはしき。
さりけるに高皇産霊の瓊瓊杵ばかりを殊更に
愛でたまへれば、天照大神に申したまはく、
「大己貴神ぞいま国を譲り奉れる。
しかれば時に、天忍穂耳尊に生れたる
瓊瓊杵尊こそ地の主に似つかはしく見ゆれ。
この麗しき天孫をこそ天降らしめたまへ。」
されば天照大神、天磐座に昇りて
諸神等を召し集へ、勅して宣はく、
「大己貴神ぞ今われらに国を譲りたる。
されば今こそ彼の地の主を降さめとぞ思ふ。
時に、わが御子たる天忍穂耳尊に生れし
瓊瓊杵尊、この神ぞ主に似つかはしかるらし。
されば瓊瓊杵よ、既にして汝を降すべきなるが、

ひとたび地上へ降りなば再び帰るまじければ、
三種の寶物をいま天つ璽として授く。」
されば日神、草薙剣を取りて宣はく、
「こゝに授くる霊剣は天叢雲剣ぞ。
この霊剣は素戔嗚が出雲の国の民草を
悩ましたりし邪神、八岐の大蛇なるものを
退治し折にその尾から得たる剣なれば、これの
象り徴す心とは勇気なり。
この世に悪の多くとも、いかなる悪も恐るまじ。」
されば瓊瓊杵は畏みて霊剣を賜りましき。
さらに日神、八坂瓊の曲玉を取りたまへれば、
これを掲げて宣はく、「この八坂瓊の曲玉は
櫛明玉神なむ妙に作りし玉なれば、
象り徴すべきものは知恵なり。
いかなる時も物事の深き意を思ふべし。」
されば瓊瓊杵は畏みて曲玉を賜りましき。
さらに天照大神、八咫鏡を高々と
上に掲げて宣はく、「これなるは八咫鏡ぞ。
わが面影を象りて石凝姥神の鋳し
鏡にて、世をあるがまゝ曲げずに映すものなるに、
これは正直を徴し象れり。
つねに真実を頼みとし、これを偽ることなかれ。」

瓊瓊杵はこれも畏みて賜りたまひたり。かくて
こゝに揃ひし宝こそ天の日嗣ぎのしるしにて
代々に伝はる宝物、三種の神器なれ。
されば天照大神、勅して宣はく、
「まさにこれらぞ日の本の国を領るべき心なる。
これらを忘れざらば、この天は汝を見捨つまじ！
さればいざ就け、皇孫よ、瑞穂の国を敷き並べに、
濫りがはしきあの地上に天の意を知らすべし！
幸くませ！　寶祚の隆えむことは天壌に
まさに窮まり無かるべし！　いざあの地へ天降れ！」
高皇産霊は、さりければ、真床追衾を以ちて
瓊瓊杵を覆ひ、御供には中臣氏の上祖
天兒屋命、また忌部の氏の上祖
太玉命をもちて神事をする宗源者となし、
天鈿女を俳優を演ふことの祖となし、
石凝姥神をして鏡作の祖となし、
櫛明玉命をもちて玉作の祖とし、
五部神達を配へ侍らしめたまひたり。
しかれば時に大伴の連の遠祖にます
天忍日命なむ、来目の部の遠祖なる
天穂津大来目を率て、背に天磐靫を
負ひ、臂に高鞆を著き、手に天梔弓と

天羽羽矢を捉り、矢には八目の鳴鏑を副持へ、
頭槌劒を佩かし、天孫の御前に立ちて
みづから先駆者として遊行き降りたまひたるが、
やがて慌てゝ帰り来て、申さく、「天八達之衢が
み中に神ぞ居りしかど、これたゞならぬ神なりき。
鼻が七咫ほどもあり、背も高く、見積もるに
七尺あまりあるめりき。それが頭から尻まで
赤酸醤のごとくに爄く、眩しく光り耀きて、
眼も八咫鏡のごとくに明かく照れりき。あの神が
道を塞ぎて居るかぎり、いかで天降りまさめや。」
いかなる神か訊ねんと代はる代はるに神たちが
降りたまへれども、誰もひとたび道に居る神と
見合ひ給ひたれば、強き眼の輝きに負けて、えも
近寄らず、みなすごすごと上に帰り来たまひたり。
瓊瓊杵尊、さりければ、御供の神たちから特に
天鈿女を選りたまひ、勅して宣はく、
「道の半ばに異様の神一柱居るといふ。
身、赤酸醤のごと爄く、鏡のごとく眼は光り、
名を訊ねんと思ひてもいかにも訊ねかねつなり。
然ても汝はこれ、分きて人に目勝てる神なれば、
彼処に立てる異様の神にその名を問ひてむや。」
天鈿女は、さりければ、八十万なる神たちが

目守(まも)りたまへる中、独り雲に分け入りたまひたり。
天(あめ)には道が八達之衢(やちまた)に分かれたれども、その中に
確かに独り、身の丈は七尺(ななさか)を超え、その鼻も
七咫(ななあた)あまり伸び、絶(あか)く光り輝きたる神ぞ
ゆゝしく杖(つゑ)をつきながら佇みいましたる。これを
見そなひし天鈿女(あまのうずめ)は前に出でましゝかば、その
胸をあらはに掻き出でゝ、裳帯(もひも)を下に押し垂らし、
異(あや)しき神の居る前に嘲笑(あざわら)ひてぞ立ちましゝ。
衢(ちまた)の神はその様を見してもつゆも驚(め)かず、
たゞづしやかに向き直り、天鈿女(あまのうずめ)に問ひまさく、
「斯(か)くすることは何故(なにゆゑ)ぞ。」天鈿女(あまのうずめ)の宣はく、
「いま天照大神(あまてらすおほかみ)の御子(みこ)の所幸(いでま)す道路(みち)に斯(か)く
おはする方は誰そ。それを問ひに参りつ。」さりければ
天八達之衢(あまのやちまた)にます神、答へたまはく、「吾(やつかれ)は
猨田彦(さるたひこ)なり。天照大神(あまてらすおほかみ)の御子所幸(みこいでま)すと
聞こえしゆゑに此方(こなた)にて待ち奉(まつ)るなり。もし御子(みこ)の
出でましたらば、吾(やつかれ)がこゝにて迎へ奉(まつ)るべき。」
天鈿女(あまのうずめ)のまた問ひて宣はく、「将(はた)、われ先に
行かむや。もしは其方(そなた)こそわれに先だちて行かむや。」
されば猨田彦(さるたひこ)、答へて宣はく、「この吾が
先だちて啓(みちひら)きてむ。」天鈿女(あまのうずめ)のまた問はく、
「天孫(あめみま)をして何処(いづく)にか至らしめ奉(まつ)らんとする。

さらに其方(そなた)はその後に何処(いづく)にか至らんとする。」

猿田彦(さるたひこ)、これに答へて宣はく、「天孫(あめみま)はこれまさに筑紫(つくし)の日向(ひむか)なる高千穂(たかちほ)の槵觸(くしふる)の峯(たけ)、こゝに天降(あまくだ)りますべし。吾(やつかれ)はそのゝち伊勢の狭長田(さながた)の五十鈴(いすず)の川の川上に行くべけれども、汝(いまし)は斯(か)くも吾(やつかれ)を顯(あらは)してけり。故(かれ)、汝(いまし)、吾(やつかれ)をその狭長田(さながた)の五十鈴(いすず)へ送り致すべし。」

天鈿女(あまのうずめ)は、さりければ、再び天上(あめ)に参り来て報告(かへりこと)申したまはく、「帰りまつれり。いざ聞こせ。天八達之衢(あまのやちまた)にはまさに輝く神ぞ佇みし。われ、この神に名を問へり。申さく、猿田彦(さるたひこ)なりき。邪鬼(あしきもの)にはあらざらん。天孫(あめみま)の出でます時を待ちまつれりと申したり。何のゆゑかは知らざれど、道知る神のやうなりて、先立ちて道開かんとみづから申し出でつ。この神の申さく、天孫(あめみま)の出でますべきは高千穂(たかちほ)の槵觸(くしふる)といふ峯(たけ)ならし。さればいざいざ出でまさん。あの神ぞ道ひらくべき。」

されば「ことごと整ひぬ。今こそ共に行かめ」とて御供(みとも)を務めたまひたる神たちをみな引き連れて、すなはち天磐座(あまのいはくら)を押し離(はな)ち、八重雲(やへたなぐも)を排(おし)分け、稜威(いつ)の八衢(やちまた)を道別(ちわ)きに道別(ちわ)きて、日向(ひむか)の襲(そ)の高千穂(たかちほ)の槵觸(くしふる)の峯(たけ)に天孫(あめみま)降臨(くだ)ります。

しかれば猿田彦神、斯く天孫の恙なく
降りたまひたるを見して申したまはく、「吾の
導きたてまつるべきは此方までなり。しかれども
ひとつ乞ふべきことぞある。この天鈿女命
吾を顯したるゆゑ、行き至るべきところまで
道々に相伴ひて吾を送らせたまへ。」
これを聞こし、天孫の勅して宣はく、
「天鈿女よ、この神の斯く宣へば、しかるべく
送るべし。またこの神を顯したるは汝ゆゑ、
これよりはその名をもちて汝が姓氏となせ。
すなはちこれを縁として猿女君を名乗るべし。」
天鈿女は、さりければ、猿田彦神とゝもに
五十鈴の川の川上の方を目指して去りましき。
猿女君の眷等が男女もみな共に
君と呼ばるゝことは、これこの日のことの由縁なり。

　時に穗日の二上の峯の頂に掛かれる
天浮橋を傳ひて天孫、地上へ降ります。
さて、天孫の浮渚在平處に立たしたまへれば
そこは脅宍の空国が広ごれるのみなりしかば、
さらに其処なる頓丘から国覓ぎ行去りおはしまし、
吾田の長屋の笠狹なる岬に至りたまひたり。

そこは朝日の日直射す、夕日の日照る国なりき。

そこに一人の人ありき。かれの自ら名乗れるに
事勝國勝長狭と言へり。天孫、この人に
訊ね給はく、「われ国を覓ぎて天上より来たれども、
こは誰が国ぞ。」さりければ、事勝國勝長狭の
申さく、「これは吾が保ちまた住める国なり。
天上よりましゝ方ならば、こゝに留まりいますべし。」
されば天孫、この国に宮殿を造りて遊息みます。

　時に天孫、海辺にひとり遊びに出でましつ。
空はさやかに晴れわたり、浪も穏やかなりしかど、
波打ち際をゆるゆると歩みたまへる天孫ぞ
その秀起つる浪の穂の上を見そなひたれば、ふと
八尋の殿ぞ建ちたりて、中から音ぞ漏れたりし。
天孫、妙に聞こえたる音に惹かれてひそやかに
殿の入り口から中を覗きたまひたれば、独り
手玉も玲瓏に機織れる乙女の影ぞ仄見えし。
心尽くして織りたれば、天孫の見そなひたるに
つゆも気がつかざりしかど、その美しき横顔は
海の光の耀ひに愛しげに映えたりしかな。
天孫、されば、その殿を静かに離れたまへれど、
独り海辺から宮殿へ帰りたまへる道中も

116

乙女の影が御心をなかなか離れざりしかば、
長狭を召して訊ぬるに宣はく、「もし知りたらば
われに教へよ。海辺に八尋の殿ぞ建ちたるが、
殿にて玲瓏に機織れるあの乙女、誰が娘なる。」
されば長狭の答ふるに申さく、「海に機織れる
乙女といへば、けだしくは木花開耶姫ならむ。
大山祇の娘にて、磐長姫の妹ぞ。」
されば明くる日、天孫は人里遠き奥山の
真木の殿におはしたる大山祇神の許
出でまして、大山祇に宣はく、「われ海辺に
建てる殿にて機織れる乙女の影を仄見たり。
聞けば汝が娘たる木花開耶姫ならし。
この娘をばわが妃にせむと欲ふが、これ如何に。」
大山祇は喜びて、答へたまはく、「如何にとて、
汝は天つ神が御子、辞ふものかは。慎みて
明日、汝のもとにわが娘を送りまつりなむ。」
天孫もいと喜びて、宮殿へと帰りゆきましつ。
　さて、されば大山祇は姫たちを二柱とも
召し寄せて宣はく、「今、日神の孫たる方ぞ
見えて、汝たちを妃に迎へさせよと宣へり。
これ、まさに仕合はせなれば、明日、彼許参るべし。」
思ほえぬことなりしかど、木花開耶姫は「実に

仕合はせなりぬべし。されば早く装ひいたさん」と
殿の奥へ去りましき。磐長姫は、さりけれど、
胸騒ぎたる気色にて父君に問ひたまひたり。
「父上、などて偽りを宣らすや。妾、偶然に
立ち聞きたれば、知り侍り。天孫の欲りたまへるは
妾の妹のみなりき。などて妾も参らすや。
隠したまふな、言はずとも誰も知りたることなれば。
妾もいつも知りはべり。妹は妾よりいつも
美し。誰も男子は妾ならずて妹をぞ
愛し愛しと思ふらし。されば妾をな送りそ。」
大山祇は、さりけれど、宥むるやうに宣はく、
「まさに汝の言ふやうに、天孫の欲りたまひたる
ものは妹の方なり。されど憂ふな、妹も
あながち姉に勝りたるものならで、その有り様の
美しくとも、いつの世も花の命は長からず。
もしも木花開耶姫のみを娶らば、生まれ来む
御子たちはみな花のごと儚く散りて失せぬべし。
されど汝は末永き命を持てり。これ、まさに
並び無き恵みなるべし。これこそまさに妹に
汝が勝るところなれ。たとひ雪雨ふぐくとも、
風すさむとも、汝から生まれむ御子は盤石のごと
常石堅石に永らへん。花と岩から良きものを

それぞれ共に受けざらば、命は全(また)くならめかも。
斯く思ひてぞ、われ敢へて汝をも送らん(いまし)とせり。
後の世のためなれば、いざ誇りをもちて参るべし。」
斯く父君の宣(の)らせれば、磐長姫(いはながひめ)も落ち着きて、
答へたまはく、「父上の思(おぼ)しめしたること然(さ)まで
深ければ、など御意(みこゝろ)を蔑(なきがし)ろにすべからめや。
されば妹(いろも)と共にこそ妾(やつこ)も明日(あした)、天孫(あめみま)が
宮殿(みや)へ参らめ。難(むつか)しく物申しゝをな咎(とが)めそ。」
磐長姫(いはながひめ)は、さりければ、奥に戻りて行く末を
思し巡らしたり、多(さは)に子供を産みて養(ひた)すこと、
みづからにある良きものを後(のち)に伝ふることなどを。
　さればたちまち日は過ぎて、外もいつしか明星(あかほし)の
明(あ)くる朝(あした)となりしかば、大山祇(おほやまつみ)は百(も)とりの
机(つくえのもの)飲食を姫たちに持たせて共に天孫(あめみま)に
奉(たてまつ)進(あら)らむと殿(か)から宮殿(みや)まで送りたまひたり。
然(さ)るに宮(みや)殿にて天孫(あめみま)の出で迎へましましたれば、
磐長姫(いはながひめ)を見そなひて宣(のたま)はく、「この姫君は
かつても見えず。見るからに容貌(かたち)よからぬ姫なれば
あへて幸(め)すまじ。あらかじめ申し合はせたるごとくに
木花開耶姫(このはなさくやひめ)のみを今日はめでたく幸(め)さすべし。」
大山祇(おほやまつみ)は天孫(あめみま)に磐長姫(いはながひめ)を娶るべき
ゆゑをさりげなく説かんとしたまひたれど、頑なに

第三部　119

天孫の罷けたまへれば、恥に耐へかねたまひたる

磐長姫は優しげに面を隠して去りましつ。

　日は高く照り、宮殿にては今しめでたく嫁入りの

式が始まりたりしかど、磐長姫はその面を

隠したるま、仄暗き山へ忍びに帰り入り、

光の射さぬ山奥の静けく寒き岩室に

駆け入り、床に俯してあはれに音泣きたまひたり。

御目にはまさにいま御妻となりて微笑みたまひたる

妹君の御姿とそれを喜びたまひたる

大山祇と天孫の様がありあり浮かべれど、

この山奥の岩屋には祝ひの歌も食し物も

さへづる鳥の声もなく、いかほどに泣きたまひても

磐長姫を慰むるものはひとつも在らざりき。

されば涙の涸れぬま、、磐長姫ぞ潮解けき

面を上げて、恨めしく詛ひたまはく、「愚かなり、

あゝ愚かなり、愚かなり、誰も男といふものは！

はかなき妹のみならずわれも妃に娶りせば、

われらの産まむ子は誰も千代に永らへましものを！

あな恨めしや！　恨めしや！　男よ、心無きものよ！

たゞ容貌のみを見てわれを退けたることを

必ず悔いよ！　常しへに、この世の終はりまで悔いよ！

あゝ愚かなり、愚かなり、いのち長からましものを！

岩のやうならましものを！　男は誰も愚かなり！」
光の射さぬ山奥の岩屋にて斯く独りきり
磐長姫(いはながひめ)の泣き濡れて呪ひたまひたりしために、
人の命は花のごと儚きものとなりにけり。

　斯くて木花開耶姫(このはなさくやひめ)のみを天孫(あめみま)、御妻(みめ)として
幸(め)しいれしかば、奇(くす)しくもこの御妻はたゞ一夜(ひとよ)にて
孕(あめみま)みたまへり。天孫はこれを怪(あや)しと思(おも)ほして
宣はく、「たゞ一夜(ひとよ)にて子を孕み得るものなれや。
天つ神の子といへども然(さ)ることかつて聞こえねば、
こゝに汝(いまし)の孕めるはほかの男の子なるべし。」
されば木花開耶姫(このはなさくやひめ)これを聞こして憤(いきどほ)り、
慙(は)ぢて、すなはち無戸室(うつむろ)を作りて内に入(い)り籠(こも)り、
誓(うけ)ひたまはく、「もしこの子天孫(あめみま)の御子(みこ)ならざらば、
斃(や)け滅びなむ。さりけれど、もし天孫(あめみま)の御子(みこ)ならば
火も害(そこな)ふに能(あた)ふまじ！」されば御妃(おきさき)、無戸室(うつむろ)に
あへてみづから火を放ち、室(むろ)は煙に包まれき。
時に、始めに立ち昇る煙の中に生みますは
御名(みな)を火闌降(ほすそりのみこと)命と申す御子(みこ)なり。その次は
火の勢ひの猛(たけ)き時、その熱(ほとほ)りを避(さ)りな
生みますに、彦火火出見(ひこほほでみのみこと)尊と申す。その次は
火の勢ひの衰へし時にも御子(みこ)を生みまして、

これ火明命なり。やがて炎の収まりて
煙も弱くなりしかば、母の木花開耶姫、
いまだ燻ぶる火燼のみ中より出で来たまひて、
言挙げをして宣はく、「見そなへ、生れし御子たちも
妾も共におのづから火の難に遭ひたれど、
身には損なはるゝところ少しもあらず。今これを
見そなひながら、豈いまだこの御子たちを疑ふや。」
かくて誓約の証さるゝことの著かりしかば、
天孫、御妻に宣はく、「まさに知りたり、こゝに今
生れ出で来たる御子たちが天孫の御子なることを。」
されど始めに天孫の疑ひたまひてしことを
木花開耶姫いたく恨みたまひて、この日より
打ち解けて相語らはず、余所余所になりたまひたり。
おのが妃を疑ひしことを悔いたまへれど、あに
怒りは解けず、いつまでも御妻の思し隔てしかば、
天孫、独り海辺へ出でまして、その昔まだ
地上に降りたまひてから日も浅かりし頃、姫を
見初め給ひし辺りへと行きたまへれど、かつてあの
八尋の殿の建ちたりし渚も今は侘しげに
藻屑が来寄りたる間に千鳥の遊びたるばかり。
されば天孫、作歌して宣はく、「沖つ藻の
辺には寄れどもさ寝床もあたはぬかもよ、浜つ千鳥よ。」

第四部

　瓊瓊杵尊崩御りましゝかば、しらぬひ筑紫
日向の可愛にて山稜に殻を葬りまつりたり。
後に残されまつりたる三人の御子たちのうち
兄火闌降命にはおのづから海幸があり、
その弟の彦火火出見尊には山幸があり、
兄は海辺を里として海から魚を捕りて生き、
弟は山にて獣を狩りて暮らしたまひたりき。
幸を持たざる火明命が独り尾張へと
去りたまへれば、国中をほかに領くべきものも
無く、束の間のゝどけさが天地四方に満ちたりし。
さればいつしかみな兄を海幸彦と呼びまつり、
またその弟のことは山幸彦と呼びまつりたり。

　さて、ある日、海幸彦が山におはせし。珍しき
ことなりしかば、驚きて、弟の山幸彦、兄に
訊ねたまはく、「兄や、いざたまへかし。何ゆゑに
今日はいませる。」さりければ海幸彦の宣はく、
「汝もけだし知らめども、海はしばしば荒れ狂ふ。
先にもしばし風雨の吹きすさびたることありて、

何もえ漁らざりたりき。海は豊けしとこそ言へ、
風吹き雨の降るごとに幸はたやすく失はる。
しかるに山は風雨のいかに吹くとも変はりなく
幸を授くるものと見ゆ。このこと、まこと羨まし。
さればこのたび参れるは、他にもあらず、試みに
互ひの幸を交換なむと思ふゆゑなり。われ既に
こゝに己の釣鉤を持ちて来れば、弓矢と替へてむや。」
思ほさぬことなりしかば、しばし迷ひたまひたるが、
やがて山幸彦、兄に答へたまはく、「かつてにも
思ほえぬことなればやゝ迷はれたれど、兄の
願ひとあれば、諾はむ。」されば山幸彦、兄に
おのが弓矢を貸して、その代はり釣鉤を借り給ひたり。

　されば明くる日、兄はその弓矢を負ひて、足引きの
山に分け入りたまひたり。慣れぬ懸け路の梯立ての
嶮しさにやゝ悩みつゝ、渇きたまひて細流の
水を手飲みておはせるに、ふと彼方からかさこそと
音ぞ聞こえて、その方を見そなひたれば、ひと群れの
鹿どもぞ穏やかに水を飲めりし。さりければ、
「あの鹿を射止めん」と思したる海幸彦は
密かに弓に矢をつがひ、狙ひをつけて射たまへり。
されどもこれが初めての弓なりたまひたる故に、

射たまひしとき不覚も弦の激しき勢ひに
弓手が揺りて、果敢なくも手前の岩に矢は落ちぬ。
しかれば岩に矢が当たる響きを聞きて驚ける
鹿どもはことごとく逃げて跡形なくなれり。
「あな口惜しや。さりけれど、次は確かに射当つべし」
とぞ悔しげに宣ひし海幸彦が改めて
よき獣を覓ぎたまへれば、やがて木陰の沼田場にて
ぬたうてる猪と猪の子らの群れを見出だしたまひたり。
おのが狙はれたることをつゆ知らぬやうなりたるに、
海幸彦は「この猪こそ射取るべけれ」と弓を取り、
再び弓に矢を刻げて、強く引き放ちたまへり。
ひゃうと飛びたる矢はされど沼田場の横の木の幹に
突き立ちて、猪を外れたり。しかるに音に驚きし
猪の親はいと荒ましく鼻を鳴らしたれば、此方を
睨めつけて、いや怒りたる気色を見せつ。その様の
気恐ろしかりしかば、海幸彦はえも次の矢を
つがひたまはず、たゞそこにつと立ち竦みおはしたり。
さればさらにも息巻きて鼻を鳴らせる猪はつひに
岩をも砕く競ひにて此方へ激しく駆け来たり。
いよいよ色を失ひし海幸彦が小余綾の
急ぎ逃げ出でたまへれば、猪も後ろからその鼻を
うち鳴らしつゝ、迫り来つ。「かゝる猪にもし突かれなば

骨ぞ砕けて死ぬべき」と思したる海幸彦は
もはや後ろも返り見ず、ひたすら逃げて、逃げ惑ひ、
つひにいかなる幸も得ぬまゝに山から出でましき。

　さて、同じ頃、海人舟を沖へ漕ぎ出で給ひてし
山幸彦は空なる魚籠に寄り居たまひながら
かつて動かぬ釣り竿を握りいませり。明かき陽が
絶えず照りはたゝきたれば、山幸彦の宣はく、
「されども釣りは味気なし！　追ふべき獣も見当たらず、
たゞ斯く海に鉤を垂れて魚が引くを待つばかりとは！
山ならませば掬ぶべき清き小川もあらましが、
海には辛き水ばかり、見渡すかぎり辛き水。
水の中にはとほしろく小さき魚どもが遊ぶらむ、
されどもこれを捕らへんとすれば、すべきはたゞ海に
鉤を垂れて魚が掛かるまで待つばかりとは味気なし。
など兄や斯様なる業を飽かずに営まむ。
われはほとほと飽き果てぬ。疾く鉤を上げて帰りなむ。」
さりけれど山幸彦が竿を上げたまひたる時、
疾く釣り糸の先は魚が食ひたりて、鉤はあらざりき。

　夕さりて、山幸彦が山に帰り来たまへれば、
海幸彦が山裾に待ちゐて、弟を見そなふや
いなや笑ひて宣はく、「山幸彦や、待ちたるぞ！

獣を狩らんと勇ましく山に分け入りてみしかど、
弓に慣れずて矢を射得ず、鹿には見す見す逃げられて、
つひには悪しき猪に山を追はれたり。いや、獣とて
侮るべからざりにけり。みづから言ひしことなれど、
さすがおのれの持つ幸に勝る幸などあらめかも。
弓矢はこゝに返す。いざ汝も釣鉤をば返すべし。」
さりけれど、山幸彦はたゞ青ざめて侘しげに
佇むばかりにて、つゆも物を語りたまはざりき。
海幸彦は怪しみて、訊ねたまはく、「何事ぞ。
汝が気色、只ならず。何がありしか早告げよ。」
されば山幸彦、怖ぢて慄きながら宣はく、
「兄、われを許しませ。かけてわざとのことならず。
釣りを習はぬゆゑに、たゞ糸を垂らして待ちゐしが、
上げたれば、鉤があらざりし。いかなる魚の取りたるか
知らねど、いくら探しても見つからざりし。願はくは
怒りたまふな、兄よ、われに為し得る償ひは
すべて致さん。願はくは、厳しく嘖ひたまはざれ。」
しかれども海幸彦は弓矢を地に叩きつけ、
声を荒げて宣はく、「まことに釣鉤をや失へる、
二無きあの釣鉤を！ 鉤の無くは如何にか我や幸を得る、
あるいはわれとわが民に飢ゑよと言ふか！ 情けなし！」
かく恐ろしく聞こせれば、山幸彦は膝をつき、

第四部

許しを乞ひて宣はく、「然ること如何で申さめや。われに一日を賜はせよ。明日の暮れには必ずや兄の鉤を見出ださむ。あと一日のみ賜はせよ。」

　されば朝日が山の端を染めて間も無き曙の朝早くから起き出でゝ、山幸彦は失ひし鉤を探さんと海人舟を沖へ漕ぎ出でたまひたり。昨日釣りしたまひたりし所に舟が着きたれば、腹に紐を結ひつけて海に潜りたまひたるが、いくら泳げど目の先はたゞ青き闇のみなりて、底に行き着かざりしかば、「潮の流れにさらはれて溺れむ前に帰らん」と紐を辿りて、辛くして舟の上へと這ひ上がりたまひつ。

　　　　　　　　　　　　疲れ果てながらやうやう岸へ着き、舟を浜へ引き上げたまへれば、波打ち際にひと匹の魚が打ち上げられたりし。「もしや鉤を呑みたるはこの魚か」と思し疑ひし山幸彦は小刀を出だして魚の口を裂き、生臭き血にまみれたる中を改めたまひたり。されども中に入りたるは血と辛き水のみなりき。

　再び宵とならむ頃、海幸彦は山裾に待ちておはせり。さりければ、やうやう夜となる頃に

山幸彦ぞ一枚の箕を抱へつゝ出でまし。
その箕の中は余るほどふすさに鉤が盛られたりし。
山幸彦の宣はく、「佩けりし横刀の刃をもちて
新しき鉤を鍛作し得るかぎり鍛作せり。受けたまへ。」
されど海幸彦は箕を叩き落として、宣はく、
「わが鉤のほかは受けぬ！　やい、今宵までにと契りたる
ことを自ら忘れしか。かゝる拙き鉄屑が
わが鉤に代はり得るなどゝゆめ思ふなよ。みづからが
契りしことを破るとは、見下げ果てたる奴なり。
鉤の失はれたるからは、われ海から幸を得らるまじ。
されば海辺の民はみな食ふ物も無く飢ゑ死なむ。
これは汝が罪なれば、これからは鉤を失へる
ことの償ひとして、日々われらに幸をたてまつれ。
われは宵ごとわが家の門にて待たむ。忘れざれ、
汝が得べき山幸はこれから汝のみならず、
兄の海幸彦のものにもなると。ことごとく
これは汝がみづからの罪を償ふためなれば、
などか理ならざらむ。やい、この意、肯ふか。」
かく兄の宣ひしあひだ、つと山幸彦は
地に落ちたる千々の鉤を見つめ給ひたりしかども、
御言の聞こえたりしかば、答へたまはく、「兄よ、
汝の仰せたることは何も理なり。されば、

明日よりわれはわが罪を償ふために必ずや
汝と海の民たちを養ふほどの山幸を
狩りて汝に捧げなむ。さりけれど、もしわれがあの
鉤をまた見つけたらば、また互ひに元のやうにせむ。」
海幸彦は頷きて、晴れ晴れしげに宣はく、
「宜なり。実にもすべて鉤が失はれたるゆゑなれば、
鉤さへまた見つけられなば、いかなる罪ぞ残らめや。
幸の得難きことはよくわれも知りたり。これ露も
汝を責むるためならず。ほかに術無きゆゑなるぞ。」
かく弟は鉤を無くなし、罪を償ふため兄に
山から得たる幸を日々捧ぐることヽなりにけり。

　その日から山幸彦の暮らしはすべて変はりたり。
かつてはおのが食すのみを狩ればそれにて足りしかど、
今は海幸彦がためかつても入らぬ山奥を
さまよひながら獣どもを飽きたきほどに狩りたまひ、
民には幸を兄君にたてまつり給ひしのちに
それの余りを持ち帰りたまふばかりとなりたるが、
働かずとも山幸を得らるヽ海の人々は
日ごと月ごといや増しに豊かになりて、次々に
子も産みしかば、人数はさらにも増して、猶更に
多くの肉の要るやうになりたり。されば山に住む

民は海辺に住む民を養ふために休みなく
朝な夕なに狩りをして、増えゆく海の人々に
肉や毛皮を捧げたり。やがて岸には沖つ波
高敷（たかし）く家が立ち並び、道には子らがあざれ合ひ、
働くことの重荷から解かれし海の人々は
憂へを忘れ、美しくなりて長閑に暮らしゝが、
かゝる暮らしを支ふべき山幸彦の民はみな
狭き板屋に臥し起きし、女子供も年寄りも
獣（けだもの）の血に手を汚し、いかほど狩れど、働けど、
おのが暮らしはいつまでも変はらず貧しかりしかば、
誰も恨みて嘆きたり、「もしあの日、山幸彦が
鉤（ち）を無くさゞりなましかば、安く暮らしてましものを！
鉤（ち）を失ひしためにのみ、われらはありとある幸（さち）を
海人（あま）どもにやらねばならぬ！　あゝ、もし海に生まれせば
楽しく暮らさましものを！　山に生まれしことがわが
定めなりける……」この声を聞こしたる山幸彦は
御胸塞（ふた）がる心地がし、いかにも忍びかねしかば、
やにはに山を出でまして、海辺の里へおはしたり。
　里に建ちたる家々はいづれも高く門（かど）広き
様（さま）なりしかど、中にてもひと際ひろく清げなる
殿（との）に至りたまひしかば、山幸彦は窶れたる
おのが姿を恥ぢながら、御門（みかど）をくゞりたまひたり。

第四部　131

「兄や、山幸彦ぞ参り来たる」と戸の前に
立ちて宣へれど、ふつに御返しは無く、そのかはり
庭の方から賑はしき声のするやうなりしかば、
山幸彦は庭へそと忍び足にておはせしが、
然りや、庭には宴する人々がゐて、その中に
板敷の端に坐して笑む兄君ぞうち見えたりし。
宴の声を障へかねて隅に佇む弟君に
驚きたまひたれば、海幸彦は手に杯を
持ち、弟君のところまで来て宣はく、「何事ぞ、
何か禍事ありたりや。まだ日も暮れぬ昼なるが。」
山幸彦の兄君に申したまはく、「兄や、
申し受くべきことあれば、畏くもいま聞し召せ。
鉤を失ひしあやまちは真に重き罪なりて、
これを償ふためにわが幸をたてまつるべしとは
まさに理なれど、いま山に暮らせるわが民は
汝が民に山幸を捧ぐるために身を砕く
思ひにて日々働けば、ひねもす休む暇も無く、
着る物は破れ、身は汚れ、おのが子供もえ養さず、
慰めぐさもあらぬ世を苦しみながら渡りたり。
しかるに、見ればこの里はめでたき家が立ち並び、
よく栄えたる景色なり。かく数多ある人々を
われらのみにて支ふるは如何にいそしく励むとも

え続けがたき業なれば、たてまつるべき山幸の
数を減らしたまひてむや。」されば、また山幸彦は
地にみづから跪き、頭を低く垂れながら
申したまはく、「捧ぐべき幸を減らしたまひてむや。」
さりければ海幸彦は怒りたまひて、「烏滸なり！」と
御手に持ちたる杯をひざまづく山幸彦の
頭に強く投げつけて、宣はく、「など心得ぬ、
われら海辺に住む者はさらに辛しと。など知らぬ、
幸を取り得ぬわれらこそ誰よりも苦しみたると。
汝はまこと良かるべし、今もおのれの山幸を
差し障りなく取り得れば。片やわれらはさやうなる
働くことの喜びを汝がために奪はれぬ！
何をか知りて然申せる！　汝が何を知りたりや！
鉤を失ひてわれらから幸取るすべを取りながら、
次はわれらは生くるにも値すまじと言ひなすか。
もしも然までに山幸をわれらに渡さまうければ、
鉤を返せ！　わが二無き鉤を見つけてこゝへ持て参れ！」
かく聞こせれば、兄君はふたゝびもとの板敷へ
戻りたまひつ。杯の酒に濡れたる瞼を
拭ひたる山幸彦は独り門から表へと
出でまして、いや楽しげに子供の遊びたる道を
行きすぎたまひたれば、さね人音のせぬ砂浜に

第四部

下りたまひつ。日に光る海は昔と変はらずに
夢むるごとき細波の調べを歌ひたりしかど、
山幸彦の御心は嵐の狂ふ夜のごと
憂へに暗れて、騒がしくおのが定めを罵りつ。
さればあたかも物の怪に憑かれて狂ひたるごとく、
山幸彦は砂浜の砂を掻き分け、藻を払ひ、
あらゆる石を裏返し、死にたる魚の口を裂き、
中を改め、今日こそは兄の鉤ぞ出でなもと、
心ひとつにひたむきに探さばつひに出で来んと、
浜を隈なく血眼になりて巡りたまひたれど、
いづこをいかに見ても鉤は影も形もあらざりき。
やがて日影もやうやうと傾き初むる頃になり、
その日の幸を捧ぐべき時の近づきたりしかば、
もはや鉤は見つけられじと思したる山幸彦は
わびしく浜にくづほれて涙を落としたまひたり。
波が絶えずに寄せたれば、目はおのづからその中に
鉤の影を求めたれど、たゞ貝のかけらが煌めける
ほかは目止まるものも無く、望みがすべて断たれたる
ことのいよいよ知れたるに、御心はなほ暗くなり、
山幸彦ぞ暮れ初めし雲居の空を眺めやり、
言葉の浮かびくるまゝに祈りたまはく、「大空の
高くにいます神たちよ、今こそ聞こし召し入れよ。

われにはえしも贖（あか）ひ得ぬ罪ありて、この罪がため
わが民はみな休みなく朝早くから夕べまで
働き続け、働けど幸（さち）は殆（ほとほ）と奪はれて、
病に悩み、楽しびを知らず、光の見えぬ世を
嘆き渡れり。もしもわが海中（わたなか）に失ひし鉤（ち）を
再び見つけたらば、この苦しき日々も終はらめど、
いかに探すも見出で得ぬ。天（あめ）にまします神たちよ、
わが民がわが罪がため悩むを見るは堪へがたし。
されどもおのれのみにては力及ばず。神よ、もし
この声を聞こし召せらば、われに力を貸したまへ。」
　かく生ぬるき潮風の吹くすさまじき浜辺にて
山幸彦のひたぶるに祈りたまひたれば、ふいに
「そこにて何をしてをる」と後ろから問ふ声ぞせし。
返り見たまひたれば、そはいたく老いたる翁（おきな）にて、
長く伸びたる白髭を掻き撫で、杖に身を寄せて
佇みたりき。かつてにも見かけぬ翁なりしかば、
山幸彦の怪しみて訊ねたまはく、「あゝ、これは
いかなる者ぞ。かつてにもわれは汝（なむぢ）を見ざりしが。」
されば翁ぞ白髭を掻き撫でながら答ふらく、
「いかなる者と問ふか。然（さ）は、塩土老翁（しほつつのをぢ）とや言はん。
今日はゆるりと海辺（うみへた）を遊び歩きて居りしかど、
汝（いまし）が浜に蹲る姿ぞ見えて、その様（さま）の

只ならぬやうなりしかば、かく声をかけまつりたり。
何ぞありしか知らねども、われもかく長らへたる身、
少しは物も知りたれば、あるいは助けにもならむ。
悩みのもとを言ひてみよ。われにて足らば、手を貸さん。」
塩土老翁とは知れぬ名なりしかども、情けある
言葉に聞こえしかば、山幸彦、老翁に宣はく、
「われ、鉤を探しまはれりき。わが兄の鉤なれども、
互ひの幸を取り替へしことありて、この沖辺へと
舟を出だして釣りし時、魚に取られて消え失せき。
それからわれら山にすむものは海辺に住むものに
日々山幸を捧げしが、海辺に人の増えたれば
みなを養ひ得るほどの幸をたてまつる務めが
重荷となりて民はみな疲れ果てたり。もしも鉤が
出で来ば、民も務めから解かるべけれど、いかほどに
探してもさね見つからず、まこと術無き身となれり。」
山幸彦の悔しげにかくうち嘆きたまへるに、
翁はつゆも驚かず、言はく、「さやうに憂ふまじ。
海に失せたる鉤とあらば、底つ海神に聞くべし。
あの神ならば知りたらむ。さて、さりければ、まづはあの
林へ行きて、いく筋かよろしき竹を取りて来よ。」
竹など何に使はむと思しつゝ山幸彦が
翁の申したる通り竹をふさ取りおはせれば、

「その小刀(こがたな)を賜へ」とて山幸彦の小刀(こがたな)を
借りて、巧みに竹を割り、切り出だしたる竹ひごを
編みて翁(おきな)はたちまちに無目籠(まなしかたま)を作りたり。
されば山幸彦とこの無目籠(まなしかたま)を海人舟(あまぶね)に
載せて、翁は夕映えのさやけき沖へ漕ぎ出でき。
「このあたりにてよからん」と櫂を片方(かたへ)へ置きたるに、
翁、山幸彦をこの無目籠(まなしかたま)に入れ、それを
そのまゝ海へ沈めたり。無目籠(まなしかたま)がするすると
底へと沈みゆきしかば、中にます山幸彦は
籠(かたま)の中の暗闇に頼りなく坐(ま)しましながら
無音(しゞま)に聞こし入るほかにいかにともえしたまはず、
潮のうねりに揺られつゝいつか転寝(うたゝね)したまひぬ。
　山幸彦が眠りから覚めたまへれば、しづかなる
闇は定まりゐて、すでに籠(かたま)は底に着きたりき。
海辺にて泣きたまひにしあの夕べからかく遠き
海の底まで一夜にて至りしことは恐ろしく
頼りなく思(おぼ)されたれど、もはや戻らむ道は無く、
つひに籠(かたま)を押し開けてそと外へ出でましゝかば、
あたりはなべて薄暗く、朧(おぼろ)にくもる日の影が
はるかに見えぬ高みからおぼゝしく射しいるほかに
光の何も無き中に可怜小汀(うましをはま)が横たはり、
その藍色の薄闇の彼方のみ仄明かれりき。

第四部　　137

「あそこの淡く明かれるは何かあらむ」と訝りて
山幸彦がその遠く淡き明かりのある方(かた)へ
可怜小汀(うましをはま)を伝ひつゝ歩みたまひたれば、そこは
海神(わたつみ)の宮なりき。その宮は高垣姫垣(たかごきひめがき)が
よく整(との)ほり頓(そな)はりて、臺宇玲(うてなて)り瓏(かいや)きたりき。
門(かど)は内から鎖(さ)されたるやうなりしかど、門前(かどさき)に
井がありて、井のほとりには枝葉繁茂(しきも)き桂(かつら)樹も
生(お)ひしかば、山幸彦はその樹下(このもと)をうろうろと
徘徊(よろほ)ひながら、いかにして海神(わたつみ)に見(ま)ゆべきかを
しばし考へたまひたり。されど山幸彦の斯く
彷徨(たいず)みたまひし時、ふと誰か扉を押し開くる
音ぞ聞こえて、門前(かどさき)へ来(く)べきやうなりしかば、疾(と)く
山幸彦は樹の上に登りて隠れたまひたり。
されば扉を押し開けて出でましたるはうら若き
美人(をとめ)にまして、玉壺(たまつぼ)を御手(みて)に抱へて井の水を
汲みにましたるやうなりき。樹の上(こ)の(かみ)山幸彦の
ひそかに見入りたまへれば、美人(をとめ)はいとも嫋(たを)やかに
壺を傾け、井のそばに寄りたまへれど、その時に
水面(みなも)に影の映れるが見えしかば、ふと目(め)をあげて
山幸彦と見し合へり。すなはち美人(をとめ)、驚きて
壺を落としたまひたれば、玉壺は破(わ)れ、砕け散り、
つかのま時が止まりたるごとくあたりは静まれり。

さりけれど山幸彦が何も告らさぬうちに颯と
美人(をとめ)は割れし玉壺(たまつぼ)も顧みずしてまたもとの
宮の内へと駆け入りて、去りたまひたり。残されし
山幸彦は桂から下(くだ)りたまひて、「いま見えし
美人(をとめ)は誰にありけむ」とものゆかしげに思(おぼ)しゝが、
この美人(をとめ)、海神(わたつみ)の姫豊玉姫(とよたまひめ)におはせれば、
すなはち父の海神(わたつみ)に申したまはく、「門前(かどさき)の
井のもとにいま希(めづら)しき客(ひと)ぞいませる。この客(ひと)の
骨法(かたち)、凡人(ただひと)にはあらず、いと妙美(まぐは)しく見えはべり。
地(つち)より来たるものならば、地(つち)の垢(かほ)あるべきなるに、
然(さ)とも見えざりしかば、将天(はたあめ)より降(くだ)り来ませりや。」
されば海神(わたつみ)、「試みに以(も)ちて察(み)む」とて、客人(まらうと)が
来べき座敷(ざしき)にまづ三つの床を設け、またその床に
八重(やへ)の席薦(たいみ)を敷きて、「いざ迎へ入れよ」と宣へり。
内に通されまつりたる山幸彦は邊床(へのゆか)に
両(ふたつ)の足(あし)を拭(のご)ひ、また中床(なかのゆか)にて手を拭ひ、
内床(うちのゆか)にて真床追衾(まとこおふいすま)に足組(あぐま)み坐しませり。
しかればこれを見そなひし海神(わたつみ)は「いや、これまさに
天孫(あめみま)の御子(みこ)なるべし」と喜びて、山幸彦に
斯く出でませる御意(みこゝろ)を問ひたまひたり。さりければ、
山幸彦は海神(わたつみ)にこれまでに情之委曲(あるかたち)みな
つぶさに語りたまひたり。これを聞こしゝ海神(わたつみ)は

いたくあはれに思ほして、「さる事ならば任せよ」と
宮の外へ出でましたるに、「いざ、鰭持てるものどもよ、
こゝへ集へ！」と仰せたり。さればたちまち大く
小さき魚どもが四方から、小魚の群れは吹き荒るゝ
山風に舞ふ銀の草葉のごとく、大魚は
しなやかに飛ぶ矢のごとく、大き鯨は夏雲が
虚を覆ひ尽くすごとく出で来て宮に集ひたり。
されば海神、魚どもに訊ねたまはく、「このうちに
この客人の失ひし釣鉤に覚えあるものありや。」
魚どもは目を見合はせて、互ひに鰭を振りながら
語り合ひしかども、誰も知らざりしかば、海神に
答へ申さく、「みな識らず。」魚の答へのむなしきに
海神、沈みたまへれど、ふと魚どもの集ひたる
中に鯛のみ見当たらぬことに気づきて、宣はく、
「赤女はありや。赤女のみ姿の見えぬやうなるが。」
魚ども、答へ申せるに、「今日は参来ず。このころは
口に病のあるためにえ動かず、寝て暮らすなり。」
されば海神、このことを思し咎めて、魚どもに
たゞちに鯛を召すやうに仰せつけしが、魚どもが
口を痛がる鯛を疾く召し連れて参り来たれば、
その口をよく探りて、つひに鉤を見つけたまへり。
されどこの時、その様を陰から目守りたまへりし

豊玉姫ぞ父君のそばへ寄り来て、ひそやかに
さゝめきたまひたるに、「鉤を今はな返したまひそね。
もしも鉤を得ば、あの方は帰りたまはん。返さずて、
彼と妾を見合はせて、夫婦とならせたまへかし。」
斯くいとほしく乞ひたまふ豊玉姫をあながちに
辞びかねたる海神は得られたる鉤を袖口に
隠しつゝ、山幸彦に宣はく、「鉤と思ひしが、
たゞのいらなき貝殻のかけらなりけり。惜しきかな。
されどもこゝは海の底、潮も変はるものなれば、
その鉤がこゝへ流れ着くべき頃合ひを誰か知る。
しばしこの宮にて共に鉤の出で来べき日を待たむ。
今日はひとまづ内に来てわれらの饗を受けたまへ。」
残し来たりし民どものことが思しやられしゆゑ、
待つためとても久しくは留まるまじく思せれど、
然宣はむとしたまひし山幸彦のそばにつと
豊玉姫ぞさし寄りて、輝やかしげに「いでませ」と
促したまひたれば、えも去りがたく、たゞ今日のみと
また宮へ入りたまへれば、山幸彦を待ちたるは
かつてもつひに食さゞりし甘き御饗のもてなしや
絶えず注がるゝ美酒に、鯔や平目の舞ひ踊り、
そばには常にうれしげに豊玉姫がおはしまし、
共に語らひたまへれば、酔ひはさらにも深くなり、

夢うつゝ無き御心に打ち解けおはしたる時に、
海神(わたつみ)、姫を御妻(みめ)として見合はせまつる意(みこゝろ)を
伝へたまへり。美しき豊玉姫の目の奥の
影が憂へに揺りたるを見そなひたれば、おのづから
そのめぐしきに御心も傾きて、山幸彦は
姫の夫(ひこぢ)となることを受け申し上げたまひたり。

　夫婦(をとめ)となりて海神(わたつみ)の宮にて共に纏綿に
篤愛(したし)みたまひたりしかば、日々は楽しく安らかに
潮(しほ)のまにまに過ぎゆきて、いつか三年(みとせ)が経ちたりし。
　或る時、共に海底(うなそこ)の玉藻の園におはせしに、
山幸彦は物憂げにふとうち嘆きたまひたり。
豊玉姫がその様を見咎めて、憂への故(ゆゑ)を
問ひたまひても一向(ひたぶる)に明かし給はざりしかども、
姫がさらにもうちかへし問はひ給ひたれば、つひに
後ろめたげにとつとつと山幸彦の宣ひし、
「妻よ、汝(いまし)と見合ひしてはじめてわれは幸(さき)を得つ。
かつてあの井のほとりにて見初めてしより時と無く
汝(いまし)ばかりを愛(かな)しみて暮らしたりけり。美しき
玉藻の間(ひたぶる)をさし歩み、をかしき魚(いを)と戯(あざ)れ合ひ、
朝夕(あさゆふ)あまき饗(あへ)を受け、そばにはいつも妻がゐる。
これよりほかに望むべきものは無けれど、たゞひとつ

陸(くが)に残せるわが民のことぞ苦しく思はるゝ。
もとよりこゝに留まるは兄(このかみ)の鉤(ち)の出で来べき
時を待たんがためのこと。されど待てども一向(ひたぶる)に
鉤(ち)の出でざれば、うちはへて待たふべきかを迷ひたり。」
斯くし夫(ひこぢ)の聞こせれば、豊玉姫の御心に
山幸彦のまさゞりし昔の日々が浮かびたる、
同じ玉藻の園にても笑みを見すべきひとも無く、
おのが清らを知りながらさびしくおはせりし日々が。
御胸うち潰るゝごとくにはかに覚えたまへれば、
惑ふ思ひを抑へつゝ豊玉姫の宣はく、
「幸(さき)く相添ひたることや罪にはべらむ。みな辛(から)く
幸(さき)を欲(ほ)りはべらざらめや。まことの幸(さき)は有り難く、
やうやく捕らへはべりても、幼き魚(いを)の子のやうに
籠めざらば逃げ、籠め据ゑば徒(いたづ)らになりはべるなり。
かく有り難きものをなどみづから否びたまはめや。」
されば山幸彦、御妻(みめ)に返したまはく、「いな、われは
幸(さき)を捨てんと望みたるものにはあらず。さりけれど、
かほどすべてが望ましき様に整ひたる時も
心にひとつ影あれば見ゆるものみな曇るらし。
もとを辿ればわが民が苦しむ由もおのが罪、
今この時も労(いた)りて誰も働きたるらめば、
などて君たるわれのみがこゝに休らふべからめや。

第四部　143

たとひ鉤を見つけ得ずとも、帰りて民と在るべきと
覚ゆるたびにみづからのうたてさぞ嘆かるゝかも。」

　さて、その日からいや日けに山幸彦の悲しみの
深みゆくやうなりしかば、豊玉姫の御心も
いつしか憂へがちになり、悩みなき楽しき日々は
すでに過ぎにしやうなりき。されば豊玉姫、やをら
海神の許参り来て、申したまはく、「父上や、
願ひをひとつ聞こし召せ。このあひだから天孫が
悽みて嘆きたまひたる。国を思ほすやうなれば、
この海底にますかぎり治まるまじく見えはべり。
悲しみたまふ天孫にはべるもつらきことゆゑに、
みづから申しはべりてしことをおほけなくはべれど、
今しあの鉤を天孫に返しまつりて、またもとの
国まで送りまつりませ。」海神、かくし告らしたる
豊玉姫の御心を知りたまへれば、色深く
宣はく、「汝が願ひ、今しかと聞き入れたり。すでに
三年も国を離れたれば、嘆く心は嘘ならじ。
天孫のましたる幸をわれらも忘るまじければ、
名残り惜しとも快く送りまつらん。」さりければ
海神ぞ山幸彦を延き、従容にのたまはく、
「久しくこゝにいませども、つひに別れの時ならむ。

この朝ぼらけ、鯔魚(なよし)なむこゝに参りてめづらしき
ものを得たりと申せれば、受け取りたるが、これまさに
覓(と)めたまふ鉤(ち)のごとく見ゆ。いざいざ、閲(けみ)し給ふべし。」
かく宣ひて海神ぞ鉤(ち)をたてまつりたまへれば、
山幸彦の驚きて、宣はく、「あな有り難や、
これこそまさに兄(このかみ)の鉤(ち)なれ！　この鉤(ち)の出で来れば、
いかで猶しもこの宮に滞(とどこほ)るべき。冀(ねが)くは、
たゞちにわれをわが国へ帰らせたまへ、海神(わたつみ)よ！」
山幸彦は斯く急(せ)きて出で立たんとしたまへど、
海神は山幸彦を宥めまつりて、後ろから
二つの珠(たま)を出だしつゝ宣はく、「汝が兄(このかみ)は
いさゝか強(こは)きやうなれば、たやすく思ひ直るまじ。
もしも兄(このかみ)、鉤(ち)を得てもなほも怒りを治めずに
汝(みまし)を責むるやうならば、この白珠(しらたま)を使ふべし。
こは潮滿(しほみち)の瓊(たま)と言ひ、海をえ溢(はふ)らすべければ、
これを使ひて兄(このかみ)を溺(おぼ)ほれしめよ。兄(このかみ)が
悔いて恵みを乞はゞ、このか黒き珠(たま)を使ふべし。
これは潮涸(しほひ)の瓊(たま)と言ひ、これを用ゐばたちまちに
潮は引くべし。兄(このかみ)も然(しか)責められれば、おのづから
従はむ。」かく海神は珠(たま)を授けたれば、次は
海の隈々(くまぐま)から百(もも)の鰐(わに)どもを召し集へたり。
鰐の中には大きなるものも小さきもの(ちひ)もあり、

第四部　145

形も違ひたりしかば、海神の然る鰐どもに
訊ねたまはく、「勇ましき鰐どもよ、いま天孫の
去りたまふべき時なれば、陸まで送りまつらめど、
おのらのうちの何ものぞ早くえ送りまつらむや。」
されば大きさ一尋の鰐の一匹ありたるが
申し出づらく、「われならば一日の内に送りてむ。」
されば海神、この鰐を使ひに立てゝ、ことごとく
定まりたるを見したるに、山幸彦に宣はく、
「いよいよ別るべかりけり。海と陸とに隔つとも、
時折はこの宮にての日々を憶ほせ、皇孫よ！」
　兄の鉤と潮滿の瓊と潮涸の瓊を斯く
授かりたまひたりしかば、山幸彦はいち早く
帰らんとして鰐の待つ宮の外へ出でましたれど、
門前の井のかたはらを通りたまはむ時にふと
井のかたはらの木のもとに豊玉姫ぞましき。
山幸彦の「な憂へそ、汝のことは忘るまじ。
されども今は民のため帰るべければ、あながちに
われを引き留めたまふな」と宣らせれば、豊玉姫の
返したまはく、「引き留めむ心はあらず。さりけれど、
妾、いま娠みはべりぬ。出産まむ時も遠からじ。
いつか風浪急峻からむ時を選びて、海辺に
出ではべらめば、願はくは、妾がために産屋をば

建てゝそを待ちたまひこせ。」されば「宜なり、必ずや
すべて然様に調へて汝の来るを待てらむ」と
契りたまひて、衣手の別れを惜しみつゝ、御妻を
後に残し置きたまひし山幸彦ぞ一尋の
鰐の背に乗りまして、遥けき陸へ帰ります。

　浜に至りたまひし時、あたりはいまだ夕さらず、
少し傾き初めし陽はされど棚引く薄雲を
透きて広ごる海原に煌めきたりき。潮風の
吹き過ぎぬれば潮垂るゝ袖はいさゝか冷えたれど、
雲居に燃ゆる陽の影も、海の果てなき耀ひも、
うなじを吹き抜くる風も、何もあまりに懐かしく、
清けく御身に沁みぬれば、山幸彦は新しく
生れたるごとき御心になりて、衣を絞りつゝ、
浜まで送りまつりたる鰐に別れを告げましつ。
　浜に出で立ちたまへれば、彼方の陸に見えたるは
麗しき屋の高殿が棟を並べて光る様、
かつて見えにし時よりもさらにまばゆくなりしかば、
海の底にて見たまひし夢も覚むるがごときかな。
されど御手にはいま鉤なむ確かに返りたりしかば、
「何を怖づべき、今つひに心に罪の影なし」と
浮かれ逸らむ御心を押さへて、町のみ中へと

山幸彦ぞ入りまし、。町を行き交ふ人々の
みな死に人の歩けるを見たるがごとく細波の
怪しがりしかども、つゆも御心を留めたまはずに
山幸彦は兄君が殿戸を叩きたまひたり。
出でまし、海幸彦は弟君を見そなひたるや
いなや御魂も消ぬべしとばかり呆れて、「すは、これは
往にけむものと思ひしが、永らへたるか、弟よ！」
とぞ宣ひし。さりければ、山幸彦ぞ掌を
開きたまひて、うちの鉤を見せたまひつゝ宣ひし、
「兄や、われ、辛くして汝が鉤をば見つけたり！」
されば海幸彦、御目をくわと開きて、鉤をつまみ、
まじまじ見つめたまひしが、やがて御顔ぞ青くなり、
唇もうちわなゝきて、只事ならぬ有り様に
見えしところが、うちつけに山幸彦に鉤を返し、
宣はく、「こはえ受けかぬ。何も告げずにふらふらと
憧れ出でゝ、幾年も書のひとつも無かりしを、
今更ふいと現れて『鉤ぞある』などゝ言はれても
いや煩らはし。汝やは思ひ至らぬ、この里も
久しく魚を取らざれば、すでに漁りし得る者も
あらずと。それをうちつけに『鉤ぞ出で来れば、これからは
幸も上ぐまじ。兄がみづから魚を釣れ』と今
言ひに来るこそうれたけれ。われらが釣りを忘れしも

責めの在り処を尋ぬれば、もとは汝(いまし)がためなるぞ。
今更『こゝに鉤(ち)ぞある』と言へども遅し。さりければ、
すでにこの世のしかるべくなりたるものを妨(さまた)ぐな！」
されば海幸彦、ひしと殿(との)の戸を閉ぢたまひたり。
　やうやう里は夕掛けて、色づく空にいちしろき
夕星(ゆふつづ)の澄み昇れゝば、絶えず聞こゆる潮騒に
夕餉(ゆふけ)につきてうち笑ふ声の響きがうち交じり、
高き垣根の囲みたる家はいづれも木綿花(ゆふはな)の
栄えたるやうなりしかど、その只中(たゞなか)をとほとほと
山幸彦の御手に鉤(ち)を握りつゝ行きたまへれば、
山へ近づくほど道は汚げになり、よき家は
すでに辺りに無く、つひに麓の里へおはせれば、
見苦しきほど荒(あば)れたる貧しき村ぞ見え来たる。
　片木(へぎ)の編み戸は腐りかけ、板屋は朽ちてあさましく、
いとも賤(あや)しげなる小屋がわびしく並び、あたりには
獣(けもの)の骨の朽ちたるや、錆びたる鉈(なた)や小刀が
うち置かれ、さもひだるげに痩せさらぼへる老い人が
知れぬ木の実を食ひたりし。山幸彦が言もなく
しばし佇みおはせれば、老い人、種を投げ捨つる
時に山幸彦を見て、叫(あめ)かく、「あはれ、みな出でよ！
山幸彦の君が今こなたへ帰りたまへるぞ！」
さればたちまちありとある小屋の影から人々ぞ

第四部　　149

うち出でゝ、山幸彦を見ては驚き、笑ひ、泣き、
帰りを祝ひまつりたる。翁のひとり申せるに、
「ゆくりかに去りまして、つゆ訪ひたまはざりしかば、
『けだしくも鉤を尋ねんと遥けき方へおはせしが
御心の外、禍事に遭ひましけむ』とわれらみな
思ひ惑ひてありしかど、斯くしめでたくこの里に
帰りたまふぞ有り難き。されど見そなはせる通り、
里人誰も海辺に幸をことごと捧ぐれば、
もてなさんとて饗も無し。許しませ。あの兄君が
税を徴ること、まこと日ごとにつらくなるならし。
すでに兄君には千度憂へ申したれども、あに
聞こし召さずて、取り立てはいよゝ厳しくなるばかり。
『この上は剣を取りて立ち向かはん』と言ふ者も
ありしが、すでにこの里に然る勢ひは無く、つひぞ
楯突くことも無きまゝに術なく今に至るなり。」
羸れ果てたる人々の顔を見そなひたるほどに
積み重ねたる労きの厳しさぞうち偲ばれて、
耐へがたくなりたまへれば、御胸は深き思ひにて
詰まりつゝ、山幸彦の宣はく、「われ、鉤を覓めて
海神の宮まで行けり。この海神の助けにて
つひに今朝鉤を得たれども、先、兄に返さんと
帰り来てたてまつりしに、兄、『えしも受けかぬ』と

拒みたまひつ。宣はく、長く鉤のあらざりしかば
すでに漁りする術を忘れ果てたまひたるとや。
然る様になりたまひしも元はわが責めなりしかば
これからもまた山幸を上ぐべしと宣はめども、
元より鉤さへ見つけなば幸を上ぐるに及ばずと
相契りたることなれば、まこと理ならめかも。
否、心良きわが民よ、われらはいつか海辺の
民の奴婢となれりけり。いつまで長く忍ぶべき、
かゝる恥づべき有様を。この上さらに捧ぐべき、
かれらに明日の山幸を。山は豊けきものなれば、
もしもわれらもおのがため獣どもを狩り得ましかば、
われらも海の民のごと豊かに栄えましものを！
みづからを見よ、何人ぞ斯様に生くべからめやも！
兄たちが海辺にて富み栄えたるその元は
みな汝らが働きぞ。げに、このことの起こりしは
わが罪のゆゑなりしかど、まことに罪が贖はるゝ
ことを彼らや望むらむ。あるいは罪が限りなく
贖はゝれゆくこそ海の民の願ひと言ふべけれ！
この世の罪を養ふは罪を償ふ者ならで、
人を罪することにより強くなる者なれりけり。
されども、民よ、この辛き日々もいよいよ終はるべし、
今われらには海神の御守りぞ付きたるゆゑに！

第四部　151

皆人よ、聞け！　この里の財(たから)をすべて背に負ひて
今この山の頂(いただき)へ登るべし。この夕べにて
今日まで長く忍びたる奴婢(つぶね)の日々を終はらせん。」
されば誰しも里人は乏しき村に残りたる
弓矢や籠や鉈を持ち、母は幼き子を背負ひ、
老いたる者は杖をつき、みな連なりて頂に
登りつ。山の上からは灯(ひ)のともりゆく町並みと、
彼方(かなた)の海と、まさにいま沈まんとする終(つひ)の陽の
海の面(おもて)にきらきらと散らす黄金(こがね)の夕影が
見えしかど、この先何があるべきか知れざりしかば、
誰もたゞおぼつかなげに佇みたりき。さりければ、
山幸彦ぞゝの前に進み出でたまひて、遠き
海に向かひて潮滿(しほみち)の瓊(たま)を掲げたまひたるに、
祈りたまはく、「海神(わたつみ)よ、今こそ海を溢(はふ)らせよ！」
さればつかのま地が震(つ)り、しばしの後に止みしかど、
吹けりし風もはたと止み、あたりは頓(とみ)に静まりぬ。
集へる民が只ならぬ気配に何も言ひ出でず、
身を寄せ合ひて見ゐしかば、たちまち潮が逆巻きに
退(ひ)きて、あたかも獣(けだもの)が怒りて牙を剝くやうに
浜は浅瀬を遠くまで見せてあらはに干上がれり。
水なき浜のけうとさに、眺むる山の里人も
何とも知れず恐ろしき心地になりてをりしかど、

時にきらめく陽の影がふと消え入りて、黒々と
海の彼方が迫り上がり、山のごとくになりながら、
やがて大波へと変はり、浜に押し寄するやいなや、
その勢ひもいとゞしく砕けて町を呑みこみし。
黒き流れはたちまちに町の灯火(ともしび)をかき消し、
その轟きは泣き惑ふ人の叫びを押し流し、
家の柱を折り、屋根を砕き、垣根をうち崩し、
いかなる殿(との)もことごとく海の藻屑となりにけり。
身の毛もよだつ有り様に山の頂から見たる
里人どもゝうろたへて騒ぎしが、その時ひとつ
山幸彦を呼ぶ声が聞こえし。波の轟きに
紛れながらも聞こえ来るその声のもとを尋ねに
山幸彦ぞ流らふる波のそばまでおはせれば、
波間に見ゆる木の末に掛かれる板に兄君が
搔きつきながら、繰り返し叫びたまひたるが見えし。
山幸彦のおはせしを見そなひたれば、猶更に
声高く、海幸彦の宣はく、「彦火火出見(ひこほゝでみ)よ！
わが過ちをわれは悔ゆ！　許せ、汝(いまし)が兄(このかみ)を！
まこと、汝(いまし)が苦しみをおのが栄華(さかえ)の錨とし、
汝(いまし)が罪を赦し得ぬことがわが罪なりけらし！
神のあやしき徳(いきほひ) ぞ汝(いまし)が方(かた)につきたれば、
今よりはわが子孫(うみのこ)の八十連属(やそつゞき)、とこしへに皆

第四部　153

汝がために狗人となりて候ひまつるべし！
されば、彦火火出見よ、いま情けを垂れよ、兄に！」
山幸彦が袋から潮涸の瓊を取り出で、
大波に潰てたまへれば、たちまち水は退きて、
やがて後には凄まじき芥ばかりが残りたる。
　かく兄弟はお互ひの罪を許し合ひたまひつ。
兄の火闌降命の苗裔が吾田の諸々の
隼人となり、皇の宮墻を離れず狗のごと
忠実にさぶらひ奉るやうになりしはこの由ぞ。

　日々山幸をたてまつるべき務めから放たれし
民は、なはだ喜びて、共に涙を流せるに、
山祇を祈み、海神を斎ひ、猪や鹿の獣を狩り、
荒れたる村を少しづゝ立て直し始めたりしが、
御妻の御言を忘れずにおはしたる山幸彦は
里の工に仰せして、汀の隅のよき地に
産屋を造りはじめたり。山の材を伐り出だし、
柱を作り、骨を組み、柴の戸を付け、最後に
甍を葺くに鸕鶿の羽をもちてせんとぞ思せれど、
ある日、甍をいまだ葺き合はせぬ時に、海の底
沖つ風なむ吹き出で、山里にまで至りしに、
「風浪急峻からむ時……」と豊玉姫の宣らしてし

ことぞ思ほし出でられて、山幸彦はたゞ独り
風の根を尋ぬるやうに夕さる海へ出でましき。
　然ればよ、風の吹きすさぶ下に砕くる大波を
超えて、みづから大亀に乗りたまふ豊玉姫ぞ
妹たる玉依姫を率ゐて、そこにましましゝ。
「我妹よ、われは契りたる通り産屋を造りたり。
たゞ、甍のみいまだ葺き合はせず」と山幸彦は
聞こしたれども、孕月満ちぬれば、豊玉姫が
宣はく、「葺き合はせむはえ待ちはべらじ、今宵こそ
妾、産むべくはべれば。」されば山幸彦、風の
ふぶく中、豊玉姫を産屋へ送りたまへれど、
豊玉姫ぞ戸口にて願ひたまはく、「産屋にて
産みはべらむ時のみは内をな覗きたまひそね。」
されど外にて恙なく御子の生れおはしまさむを
待ちたまへれば、ゆくりなく産屋から豊玉姫の
ものにはあらぬ恐ろしき呻き声なむ聞こえ来し。
いかなる鬼か物の怪かえ知れぬ声と聞こえしに、
「悪しき物やは入りたる」と怪しく思ほされしかば、
御妻みづからが今しがた禁めたまひしことながら、
待つべかりけむものをえも待ちがてに、山幸彦は
産屋の柴の戸の隙に寄りて、内を見そなひたり。
内に明かりは無かりしが、まだ葺き合はせられざりし

第四部　155

屋(や)の隙(すけき)より夕影の光ぞこぼれ入(い)りたれば、
梔子(くちなし)色に明かりたる産屋の内に見えたるは
豊玉姫が恐ろしき龍(たつ)と化為(な)りたまひし姿、
産(こ)みまさんとして神の姿に変はりたまひけむ。
思ひもよらぬ有り様に「何(なに)ぞ」と思し驚ける
山幸彦が戸口から思さず退(すさ)りたまへれば、
龍(たつ)の咎めて宣はく、「産屋の内を覗きしか！
もしわが言を蔑(なみ)せずて、われを辱(はづか)しめざりせば、
海(うみ)と陸(くが)とはとこしへに隔(へだ)つことあらざらましを、
などかは敢へて聞こさずて辱(はづか)しめたる、汝(な)が妻(つま)を！
この上は何ぞ親昵(な)しき情(こころ)を結ぶべからめや。
海(うみ)と陸(くが)とはえ通はぬものなりにけり。これよりは
海の使ひの陸(くが)に来(こ)ば、ふたゝび海に返すまじ。
陸(くが)のが海に来たるとも、海もまたとは返すまじ！」
されば龍(たつ)、這ひもごよひて産屋から飛び出でたるに、
激しき風に夕立(ゆふだ)てる波のまにまに消え失せき。
斯く海陸(うみくが)はとこしへに通はぬものとなりにけり。

　生(あ)れたる御子(みこ)は汀(なぎさ)にてまだ葺き合はせざりし鵜(う)の
羽(いらか)の萱(や)の屋のもとに出でおはしましゝに御名(みな)を
彦波瀲武鸕鶿草葺不合尊(ひこなぎさたけうかやふきあはせずのみこと)と申す。
御妻(みめ)の去りたまひてしかば、ほかになすべき方もなく、
山幸彦はかりそめに他婦(あだしをみな)を召し入れて、

156

御子を養(ひた)させたまひたり。これは乳母(ちおも)の乳(ち)をもちて
子供を養(ひた)さすることの始めと今に伝はれり。

　久しくして彦火火出見(ひこほゝでみのみこと)尊崩御(かむあが)りましゝに、
殻(みがら)は日向(ひむか)の高屋(たかや)の山の上にて陵(みさゞき)に
葬(はふ)りまつれり。彦波瀲武鸕鷀草葺不合(ひこなぎさたけうかやふきあはせず)は
玉依姫(たまよりひめ)を妃(みめ)として、御子を生(な)したまへり。まづは
彦五瀬命(ひこいつせのみこと)、次は稲飯命(いなひのみこと)、その次は
三毛入野命(みけいりのゝみこと)、さらに磐余彦尊(いはあれひこのみこと)なり。
すべて合はせて四柱(よはしら)の男子(ひこみこ)たちにおはしたり。

　久しき後(のち)に、彦波瀲武鸕鷀草葺不合(ひこなぎさたけうかやふきあはせず)の
尊(みこと)、西洲(にしのくに)の宮に崩御(かむあが)りましゝかば、その
殻(みがら)は同じ日向(ひむか)にて吾平(あひら)の山の陵(みさゞき)に
葬(はふ)りまつれり。斯くしてぞ、長き神代は幕を閉ぢ、
神たちが世を領(し)らせりし正しき時は過ぎ去りて、
やがてこの世はうつせみの人の世にこそなるべかりけれ。

第五部

　導きたまへ、筒男 命よ、なほもこの歌を、
渡らせたまへ、この舟に、言の海の千重波を、
われに語りたまへ、いかに皇 祖ぞ東征し、
仇を討ち給ひたるかを、官軍に立ちはだかりし
長髄彦の宿 命を、天 祖の御心の
思し定めしごとくこの日本の成りし日のことを！

　彦波瀲武鸕鶿草葺不合 尊と妃の
玉依姫に生れまし、御子たちのうち、四柱に
あたりたまふ御子にますは磐余彦 尊なり。
生れましながらにして、いや意志固く強くまし、
明達しき性にましませば、十 五 歳にして
太 子となりたまふ。やうやう長りまして、
日向の国の吾田の姫、吾平津姫を婚ぎますに、
妃としまして、生みますは手研耳 命なりき。

　磐余彦 尊なむ四十五歳の時に
諸々の兄たち、また御子たちに宣ひたるに、
「昔、大日孁 尊、高皇産霊 尊、この

豊葦原の中つ国、瑞穂の国をかしこくも
挙げて、我が祖、彦火瓊瓊杵尊に
授けたまへり。されば、火瓊瓊杵尊なむ、まさに
かなたの天磐座を開闢き、雲路を披き、
仙蹕を駈ひまして、戻止りましたる。この時に
この世、鴻荒に属ひ、時は草昧に鍾りたり。ゆゑに
蒙きにも正しき道を養ひながら、この西の
偏境を治めたまひたり。まさに皇祖は慶びを
積み、暉みを重ねつゝ、多に年を経たまひけり。
天祖の天降りたまひし日より今日までに
多くの年ぞ過ぎぬれど、王澤に霑はぬ
遥けき地もいまだあり。見渡せば数限りなく
こなたの邑に君があり、あなたの村に長がある。
誰も境を争へば、凌ぎ躒ふこと止まず。
神の造りましゝ国が斯かる様なるべきものか。」
皇子たちもみな「宜なり」と御言を聞こしめしたるが、
何とも思し定め得で、しばらく時は過ぎ去れり。

　さるに、とある日、皇子たちが海辺に出でまし、時、
翁のいたく老いたるが杖を突きつゝ現れて、
申さく、「何をしてをりや、何かを思ひ煩ひて
侘びたるやうに見ゆれども。翁にゆゑを言ひてみよ。」

されば磐余彦、これに応へたまはく、「けだしくも
翁、われらを知らざれや。天祖がその昔
降りたまひしより、国を治むる神の胤なり。
されども侘びらるゝことは、われらがこゝを領るとても
神の慈愛のまだ国中に広まらぬこと。
かゝる辺境の国にゐて、われらや如何すべからむ。」
されば翁の微笑みて申さく、「神の子とや言ふ。
いかにめでたきことならむ。もし然様なるものならば、
まこと、などてかこの西のほとりにゆらふべからめや。
神の意を知る者は黙することを許されず、
天の光を持つ者は隠るゝことを許されぬ。
天業を汝らが継げると言はゞ、いざこれを
恢め弘ぶべし。幸ひに、われ、良き地を知りたるぞ。
東の方、青山の四方に周れる其の中に、
かつて汝らが祖の他にも天磐船に
乗りて飛び降りし者ぞ独りありける。その地は
六合の中心ならめば、天の下に光宅るに足らずや。
さりければ、何ぞゝの国へ就きて都を建つまじき。」
されば皇子たち、「理實ぞ灼然なる」と共々に
肯ひて、また宣はく、「我らもつねに然様なる
ことを念としたりしが、行ふまでに至り得ず、
長く滞りたりけり。今し翁の言ふごとく、

いざ東(ひむかし)へ出で立たん。されども怪しがるゝは、
天(あま)磐船(のいはふね)から地上(つち)に飛び降(くだ)りしは誰なりや。
また然(さ)ることを知る翁(おきな)、汝(なむち)、いかなる名と申す。」
翁(おきな)はしばし白髭を撫でし後、答へ申さく、
「その飛び降(くだ)りたるものはけだし饒速日(にぎはやひ)といふか。
この翁(おきな)、名を申すには塩土老翁(しほつのをち)ともいふか。」
されば翁(おきな)は朗らかに笑ひて浜を去り行けり。
かゝることありける年は太歳甲寅(おほとしきのえとら)なりき。

　その年の冬、神無月の丁(ひのと)の巳(み)の朔(つきたち)の
辛(かのと)の酉(とり)の日に、つひに磐余彦(いはあれひこ)ぞ御意(みこゝろ)を
定めたまひて、諸々の皇子(みこ)たちと舟師(みふねいくさ)に
勅(みことのり)して宣はく、「遠き神代のいにしへに
天祖(あまつみおや)ぞこの地(くに)に降(くだ)りたまひてからすでに
さまねく年の経にけれど、いまだ神の慈愛(みうつくしび)
地上(つち)に行き渡らぬと見ゆ。しかれば、これを広めんは
われらを置きて他に無し。古(いにしへ)からの大事業(おほわざ)は
いまだ遂げられざれば、今われらがこれを成し遂げむ。
六合(くに)の中心(もなか)は東(ひむかし)の青山四方(よも)に周(めぐ)りたる
地(くに)と聞きたり。などかその地(くに)を目指して東(ひむかし)へ
行くべからむや。その地(くに)をまさにわれらが征ち取りて
統べなば、そこにうち日さす都(みやこ)を建てゝ治めてむ。

されば皆、いざ東の六合の中心へ出で立たん！」
　かくて磐余彦、船軍をひきゐて日向の
水門から漕ぎ出でますに、もはら東の方へと
進みたまひて、速吸の水門に至りたまひたり。
時に、ひとりの漁人ありて、艇を水に浮かべりき。
折しも船軍、この漁人の艇に逢ひたれば、
磐余彦ぞをかしがりまして、皇舟の舳から
漁人に宣はく、「わが名は磐余彦といふ。天つ
神の胤なれば、神の意をなすために斯く
六合の中心へ向かひたり。時に、汝が名は何ぞ。」
漁人の申さく、「珍彦と申す。臣は此処らの
国つ神なり。いま天つ神の皇子たち出でますと
聞けば、斯く曲の浦にて釣りして迎へまつるなり。」
いよゝをかしく思せれば、磐余彦ぞ珍彦に
また宣はく、「珍彦よ、六合の中心に至るには
東へ行くべけれども、水の流れの速ければ
道を定むること難し。汝は国つ神なるが、
漁人のやうにもあれば、今われを導きまつらむや。」
されば珍彦の申さく、「さらば導きまつるなり。」
磐余彦は勅して椎棹を差し渡し、
末を取らせて、珍彦を皇舟のうへに入れたまひ、
すなはち海の導者としたまひつ。このことにより

第五部　　163

珍彦の賜りし名を椎根津彦と申すなり。
これは倭の直部が始祖と伝はれり。
　椎根津彦の導きに従ひて船軍は
やがて菟狭へと至りたり。皇軍、岸へ上がれゝば、
菟狭の国造の祖たる菟狭津彦と菟狭津姫の
妹兄がありて、一柱騰宮を菟狭川の
ほとりに造り、皇軍を饗応して迎へまつりし。
されば磐余彦、勅して侍臣
の天種子命にこの姫を娶らせましき。
天種子は中臣の氏の遠祖となりて、
後の世までも神事を長くこそ伝へたまへれ。

　霜月の丙の戌の朔の甲の午に
磐余彦と皇軍はまた内海を漕ぎ進み、
筑紫の国の水茎の岡の水門に至りたり。

　さらに師走の丙辰朔の壬午に
安藝に至りて埃宮にいますがりたり。
　　　　　　　　　　　　　明くる年
乙卯、弥生甲寅、朔の巳未の日に
吉備に移りて行宮を造りたまへり。この宮を
高嶋宮とぞ言へる。磐余彦は皇軍を

進めむ前にこの宮に三年の間ましまして、
舟檝を揃へて、兵を鍛へて、糧を蓄へて、
国を平けむ思ひを新たに固めたまひたり。

　　さらに戊午の年、春如月の丁酉
朔の丁未につひに皇軍の装ひ
すべて調ひたりしかば、船の舳艫を相接ぎて
磐余彦は真金吹く吉備よりさらに東へ
立ちたまひたり。さりけれど、まさに皇舟が葦が散る
難波の碕に着かむとしたりし時にゆくりなく
奔潮のはなはだ急き流れに遭ひたまひたれば、
因りて名付けてこの国を浪速としたまへり。今
人が難波と言ふはこの浪速の訛りなり。
　弥生丁卯朔の丙子、河をさかのぼり、
皇軍、たゞちに河内の国の草香の青雲の
白肩の津に至ります。
　　　　　　さらにその夏の卯月の
丙の申の朔の申辰の日に、皇軍ぞ
隊を列ねて徒歩により龍田に赴きましゝが、
その路は狭く、嶮しくて、並み行くこと得ざりしかば、
すなはち路を引き返し、さらに東の方なる
膽駒山を越えて中洲に入らむと思しつ。

されどこの時、皇軍(みいくさ)を葉陰からうち守りたる
者ぞ居(を)りたる。身を低く藪に隠して、麻衣(あさぎぬ)を
うち着たるその小男(こをとこ)は山道を行く皇軍(みいくさ)を
見たるやいなや、岩群(いはむら)を飛び越え、崖のふちを過ぎ、
木々のあひだを軽やかに駆け抜け、休みなく空に
煙の昇る里へ入(い)り、にぎはしく屋(や)の並びたる
中にてもいやいかめしき高屋(たかや)へと行き、戸を守る
男(をのこ)らに物言ひたれば、やがて内へと進みたり。
されば奥にはうら若き君ぞいまして、その傍(そば)に
大男なむ候(さぶら)へる。されば小男、その前に
畏(かしこ)まりつゝ、参出(まゐい)でゝ、申さく、「今し慎みて
聞こえさす。膽駒山(いこまのやま)のふもとにて、われらの里へ
軍(いくさ)を進めたる者を見つけたり。この辺りには
かつても見えぬ有り様の者どもなれば、けだしくは
西の方からこの国を奪はむとして来る者か。」
これを聞きたる大男、怒りて言はく、「かねてから
天孫(あめみま)の名を騙(かた)りたる者が西から来たれると
聞きたれば、汝が見たるはおそらくはその偽者(まし)ぞ。
軍(いくさ)を起こせ！ 優れたる兵(つはもの)どもを呼び寄せよ！
然(さ)る奴ばらにおめおめとこの国を取らするものか。」
　さて、少し後(のち)、東(ひむかし)へ向かひて進む皇軍(みいくさ)が
膽駒山(いこまのやま)の孔舍衞(くさゑ)の坂のふもとに着きし時、

坂の上からゆくりかに矢の雨ぞ降り注ぎ来し。

坂を挟みてたちまちに矢の射ち合ひになりたるが、

高きところに構へたる方にや、分（かた）がありしかば、

射ち合ふほどに栂（つが）の木のいや次々に皇軍（みいくさ）の

兵士（つはもの）どもぞ射取られて、つひに磐余彦（いはあれひこ）、「盾を

下ろさず、後（あと）へ退（しりぞ）け！」と仰せ下せり。さりければ

みな辛（から）くして矢の雨を避（さ）りつゝ、後（あと）に下がりしが、

その時、特にいち早き流矢（いたやぐし）なむありて、いや

篦深（のぶか）に、五瀬命（いつせのみこと）の肱脛（ひぢはぎ）にこそ刺さりしか。

驚きたれば、者どもはかたはらの大きなる樹の

後ろに五瀬命（いつせのみこと）を運びまつりて、皆人も

同じその樹の陰に身を隠したり。磐余彦（いはあれひこ）も

その樹に隠れましまして、坂の彼方（あなた）の賊（あた）どもに

宣はく、「やよ、おのれらは何者ぞ！ 名を名乗るべし！」

さりければ、矢はひたと止み、坂の上からぞろぞろと

益荒（ますら）なる兵（つはもの）どもの影の現れ来しかども、

その中にいや丈（たけ）高く、逞しく、眼（まなこ）の光

けはしく、髯（ひげ）を荒らましく生ふす大男ぞひとり

ありしかば、この大男、声高くして告げたるに、

「我は長髄彦（ながすねひこ）、天つ神（あま）の孫（みまご）と共にあり、

山止（やまと）の国を治（をさ）めたり。もしこの国を奪はむと

企（くはた）てたらば、その思ひ其方（そなた）に捨てゝ消え失せよ。

第五部　167

一足とても近づかば、うぬが命を失ふぞ。」
賊の勢ひにも誰も怖ぢ恐れこそせざりしか、
五瀬命が痛みにうめき苦しみたまへれば、
磐余彦も戦ひの様を憂へたまひたれど、
その時に、ふと賊どもの後ろに明かき日の影の
照り輝くぞ見えたるに、神しき策をその
沖衿に定めて、思さく、「われは日神の
子孫にあるものながら、心ならずて日の影に
向かひて挑みてけり。これ、天の道にや適ふべき。
若かじ、ひとまづ退きて、天神地祇を
礼ひ祭り、改めて背に日神の威光を
負ひたてまつりて、御影のまにまに壓ひ蹋まむには。
さらばわが刃の血塗らずて虜を破り得ざらめやは。」
磐余彦がこのことを皆に思し宣へれば、
みな「然なり」と申したり。されば磐余彦、こゝに
皇軍みなに令りごちて宣はく、「ゆめ進むまじ。
今日はひとまづ退きて、のちに再び試みむ。」
　斯くしてぞ磐余彦は皇軍を引きたまひたる。
虜も追ひて来ざりしかば、皇軍はそのまゝ先の
草香の津まで帰り来て休みたれども、はじめての
戦ひに負けたりしかば、おのれと心腐されて
おほどれぬ。磐余彦が心振り起こさんとして

盾を立てつゝ雄たけびをし給ひたれば、このことに
因りて、草香の津はのちに盾津とも名づけられたり。
今し蓼津と言ひたるはこれが訛りたるなり。
またこの時に、皇軍のうちの一人が「あの坂に
大樹あらざりなましかば、難え避らずりてまし。
あの樹の恩、さしながら母のごとし」と言へる。故、
時の人そこを名付けて、母木の邑とこそ言へ。

　皐月の丙寅にして朔の癸の酉、
皇軍は茅淳の山城の水門に至りたり。時に、
五瀬命、矢の瘡が日にけに悪しくなりしかば、
痛み甚だしく、独り悶え苦しみ、人々が
いかに労きまつるとも、えしも癒えざりたまへるに、
ある時、剣の柄を取り縛りて、怨めしげに
雄たけびをして皇子たちに宣はく、「慨きことよ！
久しく神の意に仕へまつりて、つひにこの
東に国の都を造らんと来と来しものを、
大丈夫にしてその国の都をあへて見ぬまゝに、
いやしき虜にけがされしこの漫ろなる手のために
儚くならむ定めとは！　あゝ、弟たち、願はくは、
あの嫌はしき大男、あの憎き大男をば
汝が矢にて罪なひて、われの仇を討ちたまへ！」

因りて、時の人は茅淳の山城の水門を名付けて
雄の水門とぞ言へる。このゝちもしばらく痛ましき
瘡を忍びて皇軍と共におはせれども、つひに
紀伊の竈山に至りて、五瀬命、果敢なくも
薨りましぬ。皇子たちと皇軍はその尸を
竈山に葬めまつれり。かくて皐月は過ぎ去れり。

　水無月の乙の未、朔の丁の巳の日、
皇軍は名草の邑に至りたり。名草の邑は
名草戸畔といふ者が治めたりしが、この女、
顔色白く、髪長く、美麗しき容顔ながら、
皇尊に従はず、みづから太刀と弓を取り、
邑の兵どもを率て、皇軍に相挑みたり。
名草の軍三百余り、皇軍に押し掛けたるに、
始めの恥を雪めむと心を立てし皇軍は
いや勇ましく迎へうち、名草の方の人数は
たちまち五十になり、さらに五人にまで減りたるが、
この終の五人にまで名草戸畔は残りたり。
斯かる名草戸畔、なほも抜きたる太刀を収めずに
戦ひしかど、最後は三つに斬られて、その首や
足や腹やをそれぞれに生き残りたる者どもが
持ち去りて、人には知れぬところへ葬られけるとぞ。

されば皇軍、この後に、日影には立ち向かはじと
迂り回りて狭野を越え、熊野の神邑にまで
行き、また天磐盾に登り、下りてまた海へ
皇舟を出だしたまひたり。さるにこの時、海上に
にはかに暴風が吹き荒べれば、恐ろしき
大浪が頻りに立ちて、あたかも鷲が鉤爪を
立て、襲ひ来るがごとく、船軍を次々と
襲ひたる。皆えも漕がず、楫もえ使はざりしかば、
浪の飛沫を浴びながら漂ひて耐へ忍びしが、
大浪はなほ治まらず、つひに稲飯命なむ
皇舟のへりを掴みつゝ、憂へ嘆きて宣はく、
「嗟乎、神たちよ、など我をいつも斯様に苦しむる！
畏き天つ神やわが祖にあらぬ、海神の
姫やわが母にあらぬ！ 陸のいづくを巡るとも、
海のいづくを渡るとも、すべてがわれを厄むる！
いづくにか汝があらたなる神の験は顕るゝ、
いつかはわれを護ふ！ もし真にわれをあはれまば、
苦しむわれを助けずに天にて何をしたまふや！」
荒れ狂ひたる大浪の中、斯く恨みたまへれば、
稲飯命、うちつけに皇舟のうへに立ちあがり、
剣を抜きて、襲ひ来る浪に飛びこみたまへるに、

因りて、この時、鋤持の神に化爲りたまひたるとや。
されば三毛入野命、その様を見そなへりしが、
同じく浪に憤りて、宣はく、「げに、我もまた
海神の娘たちを母と姨に持ちたるが、
波瀾を沃られて濡ちたり。何の甲斐ある、神の子に
生まれたるとて、徒人と共に憂き世をむつかしき
禍事に煩はされて倦みわたるべきものならば。
斯くも災厄ばかりあるからは、蓋しくこの軍、
神たちにつゆ護はれぬ味気なき謀かも。
弟よ、神の意はわれには見えぬ。海辺の
あの翁、いま改めて思へばまこと、何者ぞ。
何がまことか偽りかいかにも定めがたければ、
頼るもの無き現世をもとな流離ふより、われは
波も起こらず矢も飛ばぬ遠きところへいざ去らん。」
されば三毛入野命、海の上へとさりげなく
下りて、そのまゝ浪の秀を踏みつゝ水の上を歩き、
海の彼方に隠れたる常世の郷へ往にましき。
誰も呆れてその様をつとうち守りゐるうちに
はしたなく浪立ちたりし海はやうやう凪ぎ渡り、
いつしか船軍みなさゞ波にとをらひたりき。
独り残されまつりたる磐余彦は、なほ御子の
手研耳命と共に皇軍を帥ゐて海を

進み、熊野の荒坂の津に行き至りたまひたり。

　荒坂の津はまたの名を丹敷の浦と言ひ、独り丹敷戸畔なる女首長が治めたりしが、この女、皇尊に従はず、皇軍に抗ひたれば、磐余彦はこの丹敷戸畔も誅ひたまひたり。さるに、丹敷に住まひたる国つ神、この所業にいたく怒りて、皇軍に毒気を吐きかけたり。磐余彦も皇軍もさればたちまち瘁えて、みな地に倒れたれば、すでに立つに能はず、水無し川絶え入るやうに力無く深き眠りに落ちましき。

　さて、同じ頃、そこもとに高倉下なる人ありき。この人、毒気につゆ中らずて、夜が更けしかば事なく床に入りたるが、寝むと思ひたるやいなや奇しき夢を見ぬ。そこは光り輝く日の宮の廊なりて、天照大神ぞ武甕槌の神に語りて宣はく、「それ、聞きたるか。葦原の中つ国、なほ擾響ぐなり。わが子孫、恙なかれや。汝、また地上へ降りて逆ふるものを征ちてむや。」されど武甕槌神、答へて申したまへるに、「憂へたまふな、人とてもそれほど繊弱にはあらじ。われの罷らずとも、われが国を平けたる時に

帯びし剣を授けなば、国もおのづから平（む）けなむ。」
されば天照大神（あまてらすおほかみ）、「宜（うべ）なり」と許したまひつ。
時に、武甕槌神（たけみかづちのかみ）、隅にて畏まりゐたる
高倉下（たかくらじ）を見そなはして、仰せつくらく、「これ、汝（なむち）、
かつて国を平（む）けたる時われの振るひしこの剣、
名づけて韴霊（ふつのみたま）なり。これを今、汝（なむち）が倉の
裏（うち）に置かめば、受け取りて、疾く天孫（あめみま）に差し上げよ。」
「唯々（をゝ）」と申したるやいなや、切り裂くごとき雷（いかづち）の
音があたりに轟きて、高倉下（たかくらじ）を驚かしぬ。
「異（あや）しき夢を見にけり」と起きたれば、外（と）はほの明かく、
曙なりき。高倉下（たかくらじ）、夢の教へに従ひて
たゞちに家をうち出でゝ、倉の扉を引き開けて、
中を覗きたれば、まさに屋根の穴から射し入れる
光の中に逆しまに剣ぞひとつ立てりける。
「夢に伺ひたることは真（まこと）なりけり」と剣を
拝（をろが）みたれば、高倉下（たかくらじ）、思ひ定めて、朝影の
照れる底板（しきいた）からぐいと韴霊（ふつのみたま）を引き抜きつ。
　さて、高倉下（たかくらじ）、皇軍（みいくさ）の地（つち）に臥（こ）い伏しましたる
ところへ参出来（まゐでき）て、寝（な）せる磐余彦（いはれひこ）の御前（おまへ）にて
剣を捧げまつれるに、申さく、「夢のお告げにて
参れり。汝（みまし）、日神（ひのかみ）の子孫（うみのこ）となむ伺へる。
されば汝（みまし）にこの剣、韴霊（ふつのみたま）をたてまつる。」

磐余彦はたちまちに目覚めたまひて、「われや何ぞ
斯くも長眠したりけむ」と怪しみて宣ひたれど、
高倉下から故由を聞こしめせれば、霊剣を
貰ひて、これを振り、毒気をうち払ひたまへり。
されば士卒どもゝまた覚めて、起きあがりたり。

　すでに東の方まで至れりしかば、皇軍は
中洲に趣かむとしたれども、出で立ちたれば、
山中はいと嶮絶しくて、行くべき路もつゆ知れず、
術なく棲遑はれしかば、巌の陰に休らひつ。
されば士卒どものひとりが曰く、「いかに見る、
道は険しく、限りなく、践まむところもつゆ知れぬ。」
されば隣に居りし者、これに答へて曰く、「将、
あの三毛入野命の宣ひしこと、真にや。
斯くも苦しきことばかり起こりて進みはゞかるは、
天の神たちがわれらを幸ひたまはぬ証しかも。
思へば、兄の皇子たちがすでに捨て給へるものを
なじかはわれら下臣がなほ頑なに頼むべき。
忠実に働かば必ず報いあるものにもあらじ、
道を外れて行く道も悪からめやと思ふなり。」
斯く痴れ言を言ひたるが仄かに聞こえたりしかば、
磐余彦はえも言はずもどかしく思されたるが、

第五部　　175

誰も疲れてえ進まず、長き日も暮れ初めたるに、
「今日はこなたに宿らむ」と皇軍みなに宣へり。
　時に、磐余彦、その夜、奇しき夢を見たまへり。
そこは輝く日の宮の紫微の垣が
内なりしかば、真上には雄紅の長梁が
渡され、柱は玉の礎に太敷かれしが、
すべて景曜に輝り曄やきたりしかば、
そのみ中には天照大神ぞおはしましたる。
されば磐余彦、畏れ礼ひて申したまはく、
「天照らします大神よ、この世の中の何ものか
汝が清き御影から恵みを賜はざらめやは。
つねに汝を敬ひて、崇めたてまつらんとのみ
心を尽くしたれど、なほ天業は成しがたし。
長兄は仇の矢に斃去り、ほかの兄たちは
天の護ひの確かさを疑ひて去りまつれゝば、
軍を率むはたゞ独り臣のみなれども、数多
賊と争ひ、浪に濡れ、今は山路に彷徨へば、
いつか士卒どもゝ天を疑ひはじめたり。
天つ皇祖よ、懸けまくもあやにゆゝしき御心に
臣が軍、もし露も憐みをかけたまふべき
ものと映らば、願はくは、嶮しく、荒く入り組みて、
越えがたき山から出づる道を臣に見せたまへ。」

されば日神、皇孫に答へたまはく、「わが孫よ、

絶えず湧き来る八重雲が天と地とを隔つとも、

天業の行く末をわれの思はぬ日はあらず。

兄たちの心葉の靡きやすきに肖らず、

天の意に従ひて誠を尽くす汝こそ

いやいみじけれ。げに、人が天を疑ひ、謗るとも

汝はあへてその固き心をほかにな移しそ。

夫、神たちがいかほどに護ひ、幸へ、助くとも、

この世にありて儘ならぬことをなほ人は罵る。

波立てば神を疑ひ、風吹けば天を祝はず、

日影の地上に照ることはたゞ世の常とのみ思ふ。

天の意を蔑しつゝ、願ひばかりを言ひ散らす

者どもになど神たちや勤しく傅からめかも。

人は望まば素直なる神の臣となり得れど、

知れ、神たちはあに人に仕ふる臣にはならぬ。

移ろふ人の世の夢におのが心を染ましめず、

天に従ふ汝にぞわれは助けの手をのべむ。

明日の朝、汝のもとにわれの頭八咫烏を遣らむ。

かれを導者としてその後に従はゞ、必ず

軍は山を越えぬべし。」しかれば夢は覚めにけり。

　明旦に皆人が起き出でゝ、寝おびれぬしに、

果たして、空の彼方より三つ足の八咫烏なむ

第五部　177

現れて、巌(いはほ)のうへに翔(と)び降(くだ)りたる。「この烏(からす)、まさしく夢に叶ひたり。赫(さか)りなるかな、天照らす大神(おほかみ)ぞ基業(あまのひつぎ)を助けんと欲したるか！兵(つはもの)どもよ、弛(たゆ)むまじ！　あれを導者(みちびき)として、いざ中洲(うちつくに)へと向かはん！」と磐余彦(いはあれひこ)が告(の)らせれば、示し合はせたるがごとく八咫烏(やたからす)も飛び立ちたれば、大伴氏の遠祖(おほとものうぢ とほつおや)、日臣命(ひのおみのみこと)ぞ「われが先に立たん」と大来目(おほくめ)の督将(いくさのきみ)を務めたる元戎(おほつはもの)を率(ゐ)て、山を蹈(ふ)み、路を分け、飛び翔(か)る烏(からす)の向かひの随(まにま)に仰ぎ視(み)て、これを追ひたり。「いざ日臣(ひのおみ)に続かん」と磐余彦(いはあれひこ)も皇軍(みいくさ)に仰せ下せりしかば、みな猛(たけ)き心を取り戻し、「えい」と諸声(もろごゑ)に答へて、勇ましく進みゆきたり。
　やがて八咫烏(やたからす)は菟田(うだ)の下(しも)つ縣(こほり)に至りしに、一声(ひとこゑ)鳴きて、羽を振り、再び空に帰りたり。因りて、彼処を号(なづ)くるに菟田(うだ)の穿(うけち)の邑(むら)と云ふ。磐余彦(いはあれひこ)の日臣(ひのおみ)に勅(みことのり)して宣はく、「汝(いまし)、忠(ただ)しくありて且つ勇(いさ)みを備ふ。このほどのよき導きの功(いさを)しさ、など褒むまじき。さればこの功(いさを)をもちて、これからは道臣(みちのおみ)とぞ名のるべき。」斯くして、菟田(うだ)の穿(うけち)にて久しき夏も終はりたり。

秋、葉月、甲の午の朔の乙の未、
磐余彦は兄猾と弟猾とふ者どもを
召さしめ給ひたり。菟田の縣にて魁帥を
したる者どもなりしかど、時に、兄猾は参来ず、
弟猾のみ僅かなる伴と忍びに参出来つ。
さて、弟猾、皇軍の軍門を拝みまつりて、
申して曰く、「天孫の菟田におはしたるは予て
聞きまつりたり。この程は斯く召し出だされたること、
まこと畏し。然すがに、いま聞こえさすべきことぞ
ひとつある。これ、臣が兄にかゝづらふなり。
兄、兄猾と申し、共に魁帥なるに、
天孫のおはしまさむと聞りて、礼無くも
天に逆さまなる業をするかたちにぞなり、国の
軍を上げて天孫を襲ひまつらむとしたるが、
時に、皇軍の威ひを望り見て物怖ぢせれば、
『直に挑まば敗れむ』と兵を隠し、かりそめの
新宮を作りて、内に機を置き、天孫をその
宮に『御饗をまつらん』と誘り入れて待ち取らむ
など、謀りまつりたり。今日はこの詐をなむ
聞こえさせんと参来れば、善く備へしておはしませ。」
されば磐余彦、これを聞こえし弟猾を褒め、
うち頼むべき者として御内に加へたまひたり。

第五部

しばらくありて、兄猾ぞ使ひを寄こしまつりしに、
聞こえさすらく、「天孫よ、わが新宮におはしませ。
御饗たてまつらむ。」されば、磐余彦の令りごちて
宣はく、「これこそ予て聞こえたる罠なるべけれ。
故、道臣、兄猾の有り様を察めに行け。」
「御意の儘」とて、道臣、皇軍の優れたる
者を若干引き連れて、兄猾の許出で立ちつ。
　さて、兄猾ぞ出で迎へまつりしかども、来たりしが
磐余彦におはせぬを見て狼狽へし。さりければ、
道臣なむ兄猾の賊害はむといふ心を
審らかに見、大怒り、詰び嘖ひて「兄猾よ、
卑しき奴が造れる屋にはまづ爾から入れ！」と
剣の手柄取り握り、強弓を彎ひて、
兄猾を責め催せる。兄猾、天に罪を得て
辞び申さむところ無く、宮に追ひ入れられしかば、
みづから機を踏みて、押し潰されてこそ死にゝしか。
しかれば道臣はその屍を外へ引き出だし、
それを更にも斬りつ。血は踝を流れて没たり。
因りて、そのところを兎田の血原とこそは名づけたれ。
　道臣帰り来たれば、弟猾なむ既にして
功を立てし皇師を労ぎむと多に牛酒を
設けて御饗を装へりし。日も暮れぬれば、明々と

灯を点して、仇討ちし後ろ安さに美酒と
宍を軍卒どもに分かちたまひて、めでたげに
澄み昇りゆく望月の宵の宴の始まりに
磐余彦ぞ立ちまして、御歌詠みしてのたまふに、
「兎田の高城に鴫罠を張りて我が待つ、待ちたるに、
鴫は障らず、いすくはし鯨障りぬ。もし前妻
肴乞はさば立ち柧棱の実の無けなしをふさ剥ゑ、
後妻ならばいちさかき実の多けくをふさ剥ゑね！」
みな笑ひたり。この歌はいま来目歌と呼ばれたり。
されば宴は賑やかに夜のほどろまで続きたり。

　かやうに兎田を占めたまひたる後に、磐余彦ぞ
軽けき兵どもをみづから牽きて、葦垣の
吉野を巡り幸しゝ。岩根こゞしき山道に
すこし疲れたまひし時、木々の間に煌らかに
水影の耀ひたるが見えしかば、磐余彦は
「彼処に山の井ぞ在らし。すでに飽くまで歩まへば、
井のほとりにて休まむ」と皆を誘ひたまひたり。
　そこは木の間のかごかなる井にて、水面のゆらめきに
木漏れ日がきらきらと且つ砕け且つ煌めきたりし。
しばし軍卒どもゝ、兜を脱ぎて寛ろかに
憩ひたり。磐余彦はいたく渇きていませれば、

第五部　　181

ほとりに御座(おは)しまして、井の清水(しみづ)を掬(むす)びたまひしが、

その時に、ふと井の中に光が見えて、匂はしき

女(をみな)ぞひとり水面(みなも)から上がり来たりし。井の中に

光りしはこの女にて、後ろには尾を垂れたりき。

みな驚きて、えも物を言はず、見あさみたりしかば、

この女に磐余彦(いはあれひこ)宣はく、「何人(なにひと)なりや。」

女、答へて申せるに、「妾(やつかれ)は国つ神なり。

名は井光(ゐひかり)といふ。」これは首部(おとら)の始祖(はじめのおや)なり。

　そこからさらに行きしかば、あなたに磐石(いはおしわ)を披(ひら)けて

また尾を持たる者がつと出で来つ。誰も驚きて

あさめれば、磐余彦(いはあれひこ)の問ひて宣はく、「汝(なむち)は

何人(なにひと)ぞ。」その者、されば、答へ申さく、「臣(やつかれ)は

これ、磐排別(いはおしわく)の子なり。」これは吉野の國樔部(くにすら)が

始祖(はじめのおや)なりき。

　　　　　川をまた西へ行きたまへれば、

次は川瀬に梁(やなう)作ちて漁(すなど)りしたる者ありぬ。

されば磐余彦(いはあれひこ)のその者に訊ねて宣はく、

「そこなる川に梁(やなう)作ちて漁(すなど)りたるは誰なりや。」

その男、漁(すなど)れる手を止めて、申さく、「臣(やつかれ)は

これ、苞苴擔(にへもつ)が子なり。」この男は阿太(あだ)の養鸕部(うかひら)が

始祖(はじめのおや)なりき。斯くていつか葉月も過ぎ去れり。

秋、長月の甲子の朔の戊辰に
磐余彦はその菟田の高倉山の嶺に
登りたまひて、彼処より国をはるかに瞻望りたり。
されば国見の丘の上に八十梟帥なむうごめきし。
仇が女坂に女軍、また男坂には男軍、
墨坂には煬炭を置きて待ち受けたりしかば、
女坂、男坂と墨坂の名の起こりたる由縁なり。
さらに磐余彦、霧のかなたを見やりたまへるに、
磐余の邑に布き滿む兄磯城の軍なむ見えし。
この賊虜どもの潜みしはみなこれ要害のところにて、
いづれの道路を行かむとも道には罠が仕掛けられ、
大路には賊の軍が太刀を磨きて待ちゐしに、
天の下には禍がなほも尽きせぬやうなりし。
磐余彦はこの様を憎みたまひたれば、その夜、
独りひそかに神たちに祈ひたまはく、「神たちよ、
いづくへ行けど、この広き天の下には敵ばかり。
限りあるわが軍にて如何に彼らを破るべき。
天にまします神たちよ、臣に道を見せたまへ。」
　その夜ふけ、磐余彦の見たまひし夢の中にて
天つ神答へたまはく、「などやわれらを敬はぬ。
かつて虜から逃げてしは、神を敬ひたてまつる
ためならざれや。この国に神たちの王澤を

広めざらむや。もし今も汝が天の勢ひを
頼まば、天香山の社の中の土を取れ。
取りたらば、天平瓫をその土にて八十枚造れ。
さらに厳瓫も造れ。また天神地祇を
敬まひ祭り、さらに身を清めて厳呪詛せよ。
斯くのごとくにせば、虜はおのづから平き伏はむ。」
　神たちの夢の訓へを慎みて承れる
磐余彦は疾くこれを行はむとしたまへれど、
時に、今また弟猾、聞こえさすらく、「其処此処の
気色を窺ひたりしが、虜どもはなほ数多し。
山止の国の磯城の邑には磯城の八十梟帥あり。
また高尾張の邑には赤銅の八十梟帥あり。
これらの類、みな皇尊と防ぎ戦はむ
となむ思ひて謀れば、易く破れじものと見ゆ。
臣は皇尊の為、窃かにこのことを
憂へたてまつりたれども、かゝる数無き虜どもを
なほ討ちたまふならば、まづ神を礼ひたまふべし。
しかれば、天香山の埴を取り、今まさに
天平瓫をこしらへて、天神地祇を
礼ひ祭りたまへ。もし天地にます神たちの
護ひたまはゞ、虜どもゝた易く破りたまふべし。」
然聞こしゝ磐余彦は喜びて宣はく、「げに、

汝の申したることは夢の訓へに適ひたり。
これ、天地の理の通ひ合ひたる証しにや。」
時に、磐余彦、そこに椎根津彦を召したれば、
彼に卑しき衣服を着せ、蓑笠を身につけさせて、
翁に仕立てたまひたり。さらには弟猾をして
古びたる箕を被かせて嫗に仕立てたまひたり。
されば磐余彦、こゝに勅して宣ふに、
「汝ら、天香山に行きて、ひそかに巓の
土を取れ。基業の成否は汝らを
もちて占ひぬべし。努力慎め！」
　　　　　　　　　　　　　されば弟猾
椎根津彦の二人、いま嫗翁に身をやつし、
ことさら杖を突きながらよろぼひ歩み行きたるが、
遥かの方を見やれゝば、いぶせき虜の兵が
鎧兜をつけ、弓を負ひ、太刀を佩き、物しげに
大路に満みたりし。その気色に怖ぢし弟猾、
憂へて曰く、「見えたりや。いかにも強き兵が
然しも幾許待ち伏せる。われら、剣を持たざるが、
もし襲はれば如何せむ。」さりけれど、椎根津彦は
もとより心安き性なりしかば、たゞ空を見て
祈ひて曰く、「何事も天の定めむまゝにあれ。
もしも我が君、この国を知らしめすべきものならば、

天よ、われらにあの路を通らせたまへ。もしそれが
能はずは、あの虜どもぞ必ず路を防ぐべき。」
祈へれば、すなはち二人、山へと向かひ始めたり。
　さて、荒ましき虜どもが道の半ばを塞きたるに、
哨兵が梯を下りて来て、曰く、「怪しき者どもが
二人こなたへ向かひたる。」虜ども曰く、「将、それは
西の戎が使ひかも。みな心して太刀を抜け！」
されば息巻く兵の群れ、みな太刀を引き抜きて、
来たる二つの人影を待ち構へたり。さりけれど、
この二人、たゞよろぼへるばかりに見えて、いつまでも
来ず、さらに目を澄ませれば、いたく老いたるやうなりき。
「然しも無し、あれらはたゞの老父と老嫗なれりけり」
とぞ虜どもの言ひたれば、椎根津彦と弟猾、
さも老いばめる様をして、息づきながら来りたり。
虜どもはその様を見て大きに笑ひたれば、みな
口々に罵らく、「あな醜、あの老父と老嫗！」
されば虜ども、笑ひつゝ、二人を先へ行かせたり。
　二人が袋一杯に土を持ち来帰りしに、
甚に喜びたまへる磐余彦はこの土を
もちて八十平瓮を造り、さらには天手抉も
八十枚と、神酒を注ぐための嚴瓮も造りたまひたり。
しかればつひに神たちの仰せしことを果たすべき

時ぞ来て、磐余彦（いはあれひこ）は神官（かみのつかさ）の者どもを
率ゐて丹生の川上に陟（のぼ）り、其処にて畏くも
天神地祇（あまつかみくにつやしろ）を敬ひ祭りたまひたり。

またさらにその菟田川の朝原に出でましたるに、
こゝに禊ぎをしたまひて、八十枚（やそち）の天手抉（あまのたくじり）を
ことごと呪ひたまへれば、譬へば水の泡のごと
且つ浮かび且つ沈むまゝ川に有所呪著（かしりつ）けたまへり。
されば磐余彦（いはあれひこ）、因りてさらにも祈（うけ）ひたまへるに、
「われは八十平瓮（やそひらか）をもちて水無く飴（たがに）を造らむ。
飴（たがに）の成らば、最後は鋒刃（ほこたち）の威（いやはて）し（おど）に依らず、
いかに強（した）かなる仇（あた）も佇みながら倒してむ。」
飴（たがに）を造りたまへるに、飴（たがに）はおのづから成りぬ。
されば磐余彦（いはあれひこ）、さらに祈（うけ）ひたまはく、「われ、今し
嚴瓮（いつへ）に神酒（みき）の湛へるを丹生（にう）の川に沈めむ。もし
川に棲みたる魚（いを）どもが大（おほ）き小さきに拘らず
みな酔ひて流れむことの譬へば柀（まき）の葉のごとく
ならば、必ずこの国を定むる者はわれならん。
然（しか）ならざらば、成すところ何も成らずに終はるべし。」
宣ひて、磐余彦（いはあれひこ）が神酒に満つ嚴瓮（いつへ）を川に
沈めたまひつれば、それは口を下にして沈みぬ。
しばらくありてのち、川の面（おもて）にひとつ泡の立つ
と見えたれば、彼方（あなた）に小さき魚（いを）が浮き出で、大きなる

魚(いを)も浮き出で、たちまちに川の魚(いを)みな浮き出で、
喩唔(あぎと)ひながら柀(まき)の葉のごとく流れぬ。これを見て
椎根津彦(しひねつひこ)の奏(そう)すらく、「あはれ、魚(いを)ども酔へるかも。
まことに国を定めむは我が君におはせむものぞ。」
されば磐余彦(いはあれひこ)、これを大きに喜びたまひて、
丹生の川上の五百箇(いほつ)の眞坂樹(まさかき)を拔取(ねこじ)にこじて
また諸々の神たちを懇(ねも)ろ祭りたまひたり。
これは嚴瓮(いつへ)の置物を祭りに使ふ始めなり。
時に、磐余彦(いはあれひこ)、さらに勅(みことのり)して宣はく、
「今われは高皇産霊(たかみむすひ)をみづから顯斎(うつしいはひ)せむ。
されば、道臣(みちのおみ)、汝(いまし)をもちて斎主(いはひのうし)として、
名付くるに嚴媛(いつひめ)の名をもちてせむ。またこの埴瓮(はにへ)、
これを名付けて嚴瓮(いつへ)とし、火をば嚴香来雷(いつのかぐっち)とし、
また水を名付けて嚴罔象女(いつのみつはのめ)とし、またさらに
糧(くらひもの)に名を授けて嚴稲魂女(いつのうかのめ)とす。さらに
薪(たきぎ)を嚴山雷(いつのやまつち)と、草をば嚴野椎(いつのゝづち)とす。」
かくて祭りは厳(おごそ)かに夜の更(よ)けまでも斎(いは)はれぬ。

　冬、神無月(かむなづき)、癸(みづのと)の巳の朔(みつきたち)の日に、つひに
皇尊(すめらみこと)磐余彦(いはあれひこ)、戦の勝ちを祈(の)み願ひ、
御膳(おもの)の嚴瓮(いつへ)に盛れるを天神地祇(あまつかみくにつやしろ)に
奉(たてまつ)ります。さりければ、皇軍(みいくさ)、すべて整ひて、

今し八十梟帥を討ちに畳なはる国見の丘へ

出でましたれど、虜どもはその勢ひを多くして

すでに数にて勝れゝば、皇軍、心遅れして

なかなか勇みかねたりき。されど磐余彦、かねて

必ず勝つといふことの志を頼もしく

保ちたまひしかば、みなの前に独りおはしましつゝ、

皇軍がため御歌謡してのたまはく、「神風の

伊勢の海、その大石にい匍ひ纏へる細螺の、

吾子よ、吾子、細螺の匍ひ纏へるを撃ちてし止まむ！」

されば皇軍、神風が沖方から吹き来るごとく

国見の丘に押し寄せて、細螺を殺ぐがごとくに

い匍ひ纏へる虜どもを次々と斬り破りたり。

　されど剣を逃れたる敵の残党は

なほ多くして、その数を測ること難かりしかば、

それらを滅ぼさんがため、磐余彦、道臣に

ひそかに勅すらく、「戦の運び、捗々し。

されど残党ぞ数多逃げおほせたるらし。

もし奴ばらの永らはゞ、やがて恨みをつのらせて

基業を危ぶむる禍の種にもこそならめ。

しかれば道臣、汝いま大来目部を率ゐて

忍坂の邑に大室を作り、宴饗を設け、

虜どもを誘りて、みなすでに酔ひたる頃ほひに

第五部

諸共(もろとも)に討て。」「某(それがし)に任せたまへ」と道臣(みちのおみ)、
密(しのび)の旨(みこと)を心に独り忍坂(おさか)に忍び入り、
人目に付かぬ山中(やまなか)の壁に大窖(おほむろ)を掘りたり。
さらには道臣(みちのおみ)、死せる虜(あた)の鎧を剝(は)ぎ取りて、
猛(たけ)き大来目部(おほくめら)のうちの特に猛(たけ)きにそれを着せ、
共に酒、肉(しし)、魚(な)を窖(むろ)へ許多(そこばく)運び入れたれば、
ひそかにみなに契りして曰く、「汝等(なむたち)、こゝからは
虜(あた)の残党(のこりのともがら)のごとく振る舞へ。この室(むろ)に
虜(あた)の残りを引き入れて、盛りに宴饗(とよのあかり)をし、
虜(あた)どもの皆したゝかに酔へらむ酒の酣(たけなは)に
われ立ちて歌を歌はむ。わが歌へるを聞きたらば、
剣(つるぎ)を抜きて一時に虜(あた)どもを刺せ。」さりければ、
虜(あた)のかたちに鎧ひたる来目(くめ)の兵卒(いくさのもの)どもは
虜(あた)のあひだに交じらひて、口々に言ひ広むらく、
「いで、この前の戦ひは忌々しくぞ思はるゝ、
西の戎(えびす)の奴ばらがおこづきて狂ひをりしに。
されども悪しきことばかりにはあらざりき。退(ひ)く時に
奴ばらの倉から幾許(こだ)酒(し)や肉など盗みたり。
負けたることにいつまでも沈みをりても情けなし、
今宵、いさゝかこだれたる心を遣りに人知れぬ
室(むろ)にてひとつ、賑はしく宴饗(とよのあかり)を催さん。」
「虜(あた)から盗みたる酒はうまかるべし」と虜(あた)どもが

喜びながら大室(おほむろ)に集ひて坐定(ゐしづ)まりたれば、
やがて楽しく騒がしき宴饗(とよのあかり)ぞ始まれる。
いかに飲みても食らひても酒も肴(さかな)もまだ尽きぬ
ほどありしかば、その裏に陰謀(はかりこと)あるとも知らず、
「苦しきことがあれば、その後に楽しきこともあり。
これぞ世の常、悪しきことばかりあながち続くまじ」
とて、虜どもは心置きなく飲み、食ひて、酔ひたれど、
ひそかに水を飲みたりし道臣(みちのおみ)、その有り様を
醒めたる目にて守りゐて、宴饗(とよのあかり)も酣(たけなは)の
時に、酔へるをよそひつゝ立ちて歌はく、「忍坂(おしさか)の
大き室屋(むろや)に人多(さは)に入(い)りて居りとも、人多(さは)に
来入(きい)り居りとも、瑞々し来目の子どもが頭椎(くぶつ)い、
石椎(いしつ)い持ち、ことごとく撃ちてし止まむ！」さりければ、
酒盛りにうち交じりたる来目の兵卒(いくさのもの)どもは
これを合図(しるし)に諸共(もろとも)に剣(つるぎ)を抜きて、いたづらに
惑ひふためく虜どもをことごとく刺し殺したり。
　あたかも旨き酒のごと虜の血、地(つち)に注(そゝ)ければ、
剣(つるぎ)を逃れたる虜はもはや無かりき。来目(くめ)どもが
悦(よろこ)びて、天を仰ぎて笑へりしかば、そのうちの
一人が歌詠みて曰く、「今はよ、今は、あゝしやを、
今だに、吾子よ、今だにも！」来目部(くめら)が歌ひたるのちに
笑ふ習(なら)ひはこのことの縁(えに)なり。さらにまた一人

来目が歌詠みして曰く、「夷を一人百の人
人は言へども大来目に手向かひもせず！」かく歌を
歌ひしことはことごとく密旨がゆゑ
なりて、みづから専なるゆゑならざりき。

「斯くすべて
虜の残党も謀りたまひてしまゝに
酒に酔はして殺しつ」と道臣なむ申せるに、
磐余彦の宣はく、「あはれなるかな、道臣！
されども勝ちて驕らぬは将軍の習ひなり。
今こそ魁いなる賊を討てれ、同じく悪しきもの
十數群、遠方近方に匈匈れるに、その情
いまだ知り得ず。さればなぞ一つ處に留まるべき。
すなはちさらに制變せんがため、軍も余所に
移すべからむ。」さりければ、皇軍、余所に移りたり。

　霜月の癸の亥の朔の己の巳に
皇軍、大きに挙りて磯城彦どもを攻めてむと
心を起こしたりしかば、磐余彦はまづ敵の
情を問はんと兄磯城に使ひを遣はしたれども、
兄磯城はこれを受けず、その情知られぬまゝなりき。
「如何にすべき」と皆人の迷ひたりしに、彼方より
覚えある烏の声ぞ高く響ける。「けだしや」と

みな外にうち出でたれば、果たして、岩の上にあの
三つ足の八咫烏なむ留まりて、此方を見やりたる。
磐余彦は「見よ！　あれに飛び降りたる八咫烏、
あの烏こそ日神が護ひたまへる証ぞ！」と
喜びたまひたるに、この烏を召して、磯城彦の
もとに遣はしたり。
　　　　　　　時に、兄磯城、營に独りゐて
謀略めぐらせりしに、外にある木の梢にて
怪しき声の啼きたるが聞こえし。兄磯城、怪しみて、
弓を手にうち出でたれば、かつても見えぬ三つ足の
八咫烏なむ留まりゐて、鳴けるに、「天ノ神ノ御子、
汝ヲ召セリ。イザワ、イザ！」されば兄磯城が腹立ちて
曰く、「気疎き烏なり。然らでだに今この里へ
天壓神なるものを騙る奴が近づきて
慨憤みつゝある時に、なぞ斯かる烏が悪しく鳴く！」
兄磯城、息巻ければ、弓を彎ひていち早く
放ちたれど、八咫烏は巧みに避きて飛び去りつ。
　さて、しかる後、弟磯城が宅に居りしに、庭の木に
かつても見えぬ三つ足の八咫烏なむ舞ひおりし。
弟磯城いたく驚きて「これは何ぞ」と問ひたるに、
烏の答ふらく、「天ノ神ノ御子、汝ヲ召セリ。
イザワ、イザ！」斯く聞きたれば、弟磯城曰く、「この烏、

天壓神なるものゝ使ひにや。然るごとく見ゆ。
天壓神いませりとかねて伺へれば、臣、
朝に夕べにこの神に懼ぢ畏まりゐたれども、
善きかな、今し臣にも神の使ひぞおとなへる。
善きかな、烏、汝が斯くし鳴きたることは！　ちはやぶる
神の使ひとあれば、いざ饗をよそひてもてなさん。」
されば弟磯城、八枚の葉盤に食物を盛り、
烏を饗へつ。八咫烏、弟磯城の心のうちに
邪無きを知りたれば、一声鳴きて飛びあがり、
弟磯城を磐余彦のます軍門まで導けり。
　弟磯城、されば参で来て、申さく、「臣、黒速と
申す。人には弟磯城と呼ばるゝ磯城の長なれど、
共に治むる兄の兄磯城は天つ神の御子
出でますと承るに、これを妬みて、兵甲を
具へ、八十梟帥を集めて、與に決戦はむとしたり。
早く圖りたまふべし。」されば磐余彦、そこに
椎根津彦や道臣、弟猾など諸々の
将軍を召し寄せて訊ねたまはく、「弟磯城の
言はく、果たして兄磯城には逆賊ふ意あり。召せど
参来ぬがその証なる。この上、如何にや為べき。」
されば諸々の将軍の申さく、「伺ふに、
兄磯城といふはいと黠き賊のやうなり。されば、この

弟磯城をまづ遣はして、基業の理を
暁へ喩さしめ、并せて八十梟帥にも説さしめ、
もし猶も帰順はざらば、つひに兵を挙げたまへ。」
されば磐余彦、これを宜に思して、弟磯城を
兄磯城がもとへ遣はしつ。

　　　　　　すでに数多に兵甲の
揃ひたる兄磯城の里へ弟磯城が来て、兄の
宅を訪ねたれば、これを憤りながら迎へたる
兄磯城の曰く、「弟よ、何ぞおのれを恥ぢしむる。
汝がみづから西方に返りたるとの知らせ、とく
みなに聞こえたるぞ。などかおのが族に斯く背く。」
されば弟磯城答ふらく、「われは何をも恥ぢしめず。
恥にはあらで、誉れなり。兄や、惟たまへ、
磯城はいみじき国なれど、争ひの火の絶えせずて、
こなたの邑と戦へば、あなたの村と諍ひて、
つひに鎮まるに能はず。しかるを、こゝに村々を
ひとつの国に束ねんと思ほす天つ神の御子
ありて、御稜威も甚だし。かつてもかゝること聞かず。
けだしくこれは世の中の変はる時にて、強情ましく
争ひても甲斐なかるべし。兄や、思し直さな。」
されば兄磯城のいやましに怒りて曰く、「いかでかは
恥づかしげなく然申す。戦はずして負くるとは

長にあるべき姿かは。われらは既に頼もしき兵士どもを集へたり。梟帥も数多味方なり。なにゆゑ他の国々とひとつに束ねらるべきと汝やは思ふ、今のまゝこそいや良きに。否、汝の言は受けかぬ。謀れることもあるゆゑ、あに西の戎などには敗るまじ。されば行け行け、またと来な！」
弟磯城はなほ諭さんとせしかども、兄磯城はもはや聞かんともせで、戸を閉ぢつ。追ひ払はれし弟磯城はさらに八十梟帥の中の兄倉下と弟倉下許行きて、二人を説さんと試みしかど、頑なに二人とも聞かざりしかば、独り軍門へ帰りたり。
「兄磯城の情変はらず」と帰り参来し弟磯城の申し伝へたれば、つひに兵を挙ぐるよりほかの道は無くなりたり。虜の守りの固きことはとく知れたる通りなりしかば、攻め入ることは易からず、みな色々に言へりしが、時に、椎根津彦、深く計りて申し出でたるに、「まづは我が女軍をして忍坂の道へ出でさせん。ほかの君たちもそなたへ付きたまへ。大き軍が来むと見えなば虜どもは必ずや鋭兵を忍坂に集むべし。さらば、われは忍びに男軍を率ゐて、直に墨坂に回り、菟田川から水を取りて炭火の罠を消ち、

俄かのうちに虜どもの不意を攻め入らむ。然せば負くることあらじ。」この策、頼もしく見えたれば、磐余彦もこれを褒めたまひたり。斯くこゝに兄磯城を討つための作戦も定まりぬ。

　さて、風寒きあけぼのゝほのかに明かき山陰に磐余彦は女軍を率て鬨をあげたまひたり。「忍坂に敵ぞ見えたる！」と哨兵が声をあげつれば、兄磯城が方も「大いなる兵ぞつひに来べし。いざ力を尽くし、敵どもを迎へ撃たん！」と息巻きて、鬨を合はせつ。さりければ兵どもの叫ぶ声山をひゞかしたるなへに、いま戦ひぞ始まりし。兵どもが乱れあひ、太刀の光のひらめきに首がひとつ落ちぬれば、刺し違へたる者もあり、薄手の傷を負ひながらなほも戦ふ者もあり、幾日も続く戦ひに皇軍の兵どもゝさすがに疲弊えにき。されば、磐余彦ぞ皇軍の心を慰めんとしてみなの前にて御歌を作りたまはく、「楯並めて伊那瑳の山の木の間ゆもい行き守らひ戦へば、我はや飢ゑぬ。嶋つ鳥鵜飼が伴や、助けに来ね！」時に、兄磯城の後より椎根津彦ぞ男軍を連れて現れ、慌てたる虜どもに矢を浴ぶせしに、ふたゝび勢ひづきたる

第五部　197

女軍もまたおもてから挟み撃ちして斬り進み、
つひに兄磯城と梟帥らを斬り伏せて、勝ちたまひたり。

　その月の末、猪の皮の衣を着たる小男が
ふと参出来し。何となくむくつけき者なりしかば、
守りの者は怪しみて腰の剣を抜きたれど、
この者、露もたぢろかず、冷たく曰く、「汝らの
君に会はせよ。山止から来りたる長髄彦の
行人なり。」これを聞こしゝ磐余彦が小男を
内に通させたまへれば、小男、畏まりもせで
直に申さく、「汝らに言伝ぞある。今し聞け。
『甞、日孁貴の太子、天忍穂耳尊、
栲幡千千姫命を妃と為し、天照國の
饒速日尊をば生みたまひたり。この饒速日、
日神と高皇産霊尊の孫にますゆゑに、
天孫と呼びたてまつり、また皇孫と申すなり。
この神、天磐舩に乗りて河内の川上の
哮峯へと降り、さらに山止の国、鳥見の
白庭山におはしたり。天磐舩に乗りゐて
虚空を翔りたまひし時、この郷を睇りたまひて
「虚空にみつ山止の国」と宣らしけるとや。この神ぞ
長髄彦の妹たる三炊屋媛をば妃と

為したまへるに、生れまし太子は可美真手命、
われらの国を統べたまふ君にまします。櫛玉の
饒速日尊はすでに神去りおはしましたれど、
この可美真手命のましますゆゑに、われらこの
君に仕へまつれり。夫、天つ神の御子たるもの
あに両種いまさむや。いかにぞ天つ神の御子
などゝ、おのれを偽りて、人の地を取らんとする。
あへて推し量るに、汝、神の御子にはあらざらむ。』」
されば磐余彦、これに答へたまはく、「神の御子、
世に多にあり。汝らが君とするところがもしも
まことに神の御子ならば、われに証拠を見せてみよ。」
されば小男、背に負へる歩靫を取り、礼やかに
磐余彦に奉りたり。磐余彦がその中に
あるものを見そなひたれば、それはまさしく一隻の
天羽々矢にぞありける。確かなる天表を
見そなひし磐余彦は、「しかれば事不虚なりけり」と
驚きたまひたれど、またみづからの天羽々矢と
歩靫をその小男に渡し給ひて宣はく、
「われにも天表あり。帰りて、可美真手といふ
その君に、こを見せてみよ。」小男、疑はしげにそを
賜りたれば、間近くに矢を見て少し苦めれど、
やがて「然らば然せん」と言ひ捨てたれば、皇軍の

兵どもが見守れる間を独りすげなげに
通り、軍門を出でたるに、風のまにまに駆け去れり。

　その夜、山止の里に建つ高屋の内に小男が
帰り来て、守りに物を言ひて内へと入りたれば、
奥には可美真手がまし、そのとなりには待ちかねて
苛ちたる長髄彦が佇みたりし。「いざ申せ、
戎の長はこの君の天表を見たるか！」と
長髄彦が問ひたれば、小男は磐余彦の
賜ひたる天羽々矢と歩靫を差し出でながら
申さく、「確と戎には此方のしるしを見せたるが、
戎の長も『みづからにしるしあり』とて、歩靫と
矢を遣せたり。臣には定めかぬれば、今しこの
品をみづから見そはなせ。」されば、可美真手の君は
歩靫と矢を受け取りて、しげしげと見定めたるが、
若き額にふと暗き影のよぎれるやうなりき。
苛ちたる長髄彦は「いかなるものぞ。賤しげに
見ゆるが」と急かせたれども、にはかに色を失ひて
青める可美真手はたゞ「疲れたらめば、早罷れ。
われも今宵は早らかに休まむ」とのみ言ひ置きて
小男を帰らせたれば、みづからも夜殿へ去りつ。

夜深くなりて、冬空はやがて繁みゝに冴え渡る
星にうづもれ、吹く風も凍つるがごとく冷えたれど、
長髄彦は寝ねかてに先の可美真手の様を
訝りながら、たゞ独りおのが夜殿に覚めてゐぬ。
「などかあの時、歩靫とあの矢を毀ちざりてけむ。
兵どもを勇ませむためには敵の偽りを
顕に示すべかりしを、然振る舞へば、臣どもゝ
怪しがるらむ。まこと、わが愛しき可美真手なれども、
あれはいさゝか雄雄しさに欠くめり。今のまゝにては
国を治むる君として心許なし。この上は
剣と弓をさらに良く教ふるほかに無からん」と
静まり返りたる夜の底ひにて長髄彦の
思ひ巡らしたりしかば、ふとコンコンと何者か
戸を叩きつる。颯と太刀を手に取れる長髄彦が
忍び忍びに戸に寄りて、「夜ふけに誰そ」と問ひたれば、
親しき声ぞ「入れたまへ、大叔父、可美真手なり」と
答へつる。長髄彦は、さりければ、戸を開けたれど、
外に立つ可美真手はいと青ざめ、今に泣き出でむ
やうに血走れる目をして、死人のごとき様なりぬ。
「何ぞや」と長髄彦が驚きながら風冷ゆる
外より可美真手を内に入れたれば、只事ならぬ
様の可美真手はついと震へる手にて先ほどの

天^{あまのはゝや}羽々矢を差し出でゝ、言はく、「こは本物^{まことのもの}ぞ。」
長髄彦はしばし其^そを眉をひそめて見しかども、
やがて言ひ励まさく、「なぞ然^さる顔をする、可美真手^{うましまで}！
戎^{えびす}どもにも神の御子^{みこ}あらむ、縦^よし縦^よし、恐^{おそ}りずて、
天^{あめ}がいづれを選ばんか知らんがために戦はむ！」
されど可美真手^{うましまで}はふつに色を直さで、力なく
囁^{つぶや}かく、「大叔父はつゆ知らざれば、然^{しか}言ひ得^うべし。」
しかればこれに怒りたる長髄彦は、声高に
「国の君たる者がなぞ惑ひをるか！」と罵りて
可美真手^{うましまで}の面^{つら}を強く打ちたり。されど、可美真手^{うましまで}、
なほも気色を変へぬやうなりしかば、長髄彦は
さらに怒りて、「かゝる矢が何^{なに}ぞや」と可美真手^{うましまで}から
矢を奪はむとして掴みかゝれるほどに、組み合へる
二人はやがて殿^{との}の戸を破りて外^やへ転^とがり出でぬ。
長髄彦の手から矢を守り抜きたる可美真手^{うましまで}、
しかれば息を切らしつゝ、風の中に立ち上がりて
言はく、「大叔父、斯くなれば、今し申さむ。静まりて
聞こせ。わが天つ皇祖^{みおや}の饒速日^{にぎはやひのみこと}尊のかつて
神去りまさむ直前に宣^{だまへ}はせしく、日神の
国の主^{あるじ}としてくだしたまひし神はわが父の
尊^{みこと}ならざりけり。父尊^{かぞのみこと}宣はせしく、将^{はた}
天^{あめ}の定めし道のみが行くべき道のすべてにや、

天の見過ぐしたる道の結ばむ縁もあるにやと
みづから天磐舩に諸々の氏神たちと
乗り入りて、天下りけり。もしも戎どもの君が
日神のくだしたまひし神の子孫ならば、将
彼こそ天の定めたる道を行く者にやあらむ。」
長髄彦は苦みたる様なりしかど、数知らぬ
人々、すでに言ひ合ひの声を聞きつけてまはりに
集ひ来たれば、可美真手、まはりに集ふ人々に
天羽々矢を示しつゝ、告らく、「見よ、この矢はまさに
天の日嗣のあかしなり！　西の戎どもの君ぞ
これを遣せたれば、まこと、我と彼とは日神の
子孫として戚なり。など戚たる者どちの
恨み争ふべき。いざや、この世の和く平らけく
なるべく、彼に帰順ひて、彼らと共に生きてみむ。」
されば長髄彦、それを掻き消つごとく声高に
みなに語らく、「勇ましき山止の民よ、惑ふまじ！
みづから虜にまつろふが称ふべき行ひなどゝ
かつて誰かは教へたる！　たとひ可美真手命
この国を去りたまふとも、怖づな、この長髄彦が
こゝに残りて汝らとゝもに剣を振るはめば。
かゝる矢などが何ぞ！　斯く久しく仕へまつりたる
われらの国を護りだにせずて、却りて攻め来たる、

第五部　203

それが神とふものならば、など然(さ)るものを崇むべき。
先祖(さきつおや)たちの頃より代々に暮らせる美しき
この国のためならば、いざわれは神にも抗はん。
もし日の神が敵ならば、日を剣にて断ち切らん。
月の神なむ敵ならば、月を弓にて射落とさん。
のちの世の歴史家(ふみひと)どもが我が行ひを悪しざまに
書くとも、われは構ふまじ。もし人のわが稟性(ひとなり)
嚚(いすかしま)にも悖(もと)りきと伝ふべからば、伝ふべし。
輩(ともがら)よ、誰(たれ)がわれらを悪しく醜く恥づかしき
者と言ふとも、たゞ臆病者(いきじなし)とばかりは言はすまじ！
さればをぢなき者は去れ！　たゞこの国を思ふ者、
国を守らん者のみが残れ！　驕れる神々の
恣(ほしきま)なる虐(しへた)げに勝つべきものは益荒男の
猛(たけ)き魂のみなりと今こそ証すべき時ぞ！」
しかれば、可美真手(うましまで)が共(むた)去らんとしたる兵(つはもの)の
数は少なく、大方は長髄彦と残りたり。

　さて、可美真手(うましまで)、衆(もろひと)を連れて磐余彦(いはあれひこ)の許(がり)
参り来たれば、申せるに、「天表(あまつしるし)の歩靫(かちゆき)と
羽々矢(はや)、確かに見まつれり。されば汝が日神(みまし ひのかみ)の
子孫(うみのこ)にますことも今おのづから知る。この上は
われも同じく日神(ひのかみ)の筋(すぢ)を伝ふる者なれば、

相争ふべき理も見えずて、斯くし天孫に
帰順ひまつるべく、こゝに詣で来たりつ。夫、天に
仕へまつるがわが宗のすべてにて、たゞ神たちに
従ひまつることのみを思ひて国を統べ来しに、
日神の皇子たる君にまつろひまつることは豈
わが宗を損はぬなり。なにのあるとも、このわれが
天神地祇に背きて他神どもが
誘ひになびくことのみはあらじと安く思しめせ。
長髄彦はいま天と人との区別さへ知らで、
『いざ虜どもを砕かん』と兵どもを煽つらむ。
さればいざ、長髄彦の軍を共に破るべく
われらも君が皇軍のうちに加へたまへ。あれに
勝たむためにはいさゝかの助けとていたづらならじ。」
されば磐余彦ぞこの言葉を褒めて宣はく、
「もとよりわれも神たちの思し定めしことをなす
ことをば宗としたるゆゑ、汝と違ふところ無し。
同じく天をたてまつる汝が深き志、
有り難くこそ聞こえたれ。などてか辞ぶべからめや。
われも汝を同胞として頼もしく迎ふれば、
六合の中心にいざ共にいみじき国を敷き建てむ。」
かくて可美真手命、皇尊にうるはしく
受けられしかば、物部の氏の遠祖となれり。

師走、癸巳朔丙の申の日につひに
長髄彦を破るべく磐余彦ぞ皇軍を
起こしたまひし。かねてより兄君五瀬命の
孔舎衞の坂にて受けし矢のために薨りましゝ
ことを衘ちたまひて、悼み恨むることを豈
え忘れたまはざりしかば、磐余彦ぞ皇軍に
仰せらるらく、「この役、まさに天下の分け目
となむ言ふべき大事ぞ。今こそ思ひ出づべけれ、
五瀬命、虜の矢に中りて悩みたまひたる
日に、勅して『われの仇を討ちたまへ』となむ
われらに仰せつることを！　今日討たむ長髄彦が
まさしく五瀬命のことを責むべき者なれば、
奴こそゝの仇なれ！　ほかの兄命も
基業の厳しさに思し離れて皇軍を
去りたまへれば、いま国の成るべきか成るまじきかは
我にかゝれり。この役、如何でも敗るべきものか！
立て！　日神の御心を遂げまつらむはわれらなり！
いざ虜どもを滅ぼさん、われらの国を成すために！」
されば磐余彦、御謡したまはく、「瑞々し
来目の子どもが垣もとに、粟の生ひたる垣もとに
韮一本、そのが根、その芽繫ぎて諸共に

撃ちてし止まむ！」またさらに歌ひたまはく、「瑞々し
来目の子どもが垣もとに植ゑし山椒口疼く、
疼きをわれはえ忘れず、撃ちてし止まむ！」かやうなる
歌はみな来目歌と言ふ。兵どもの勇めれば、
磐余彦は速くこそ軍を縦ちたまひしか。
しかればこれを迎へ撃つ長髄彦も腰に佩く
剣を抜きて、草の葉の繁みゝに茂り合ふごとく
しゞに差し交ひたる矛と弓の間に光りたる
兵どものまなざしに、声高くして告らく、「いざ
国を守らん！」たちまちに軍の鬨の轟きが
草を動かし、山谿に響みわたりて、攻め方の
磐余彦も皇軍を「ひるむな！　誅せ！　討ち取れ！」と
強く急き立てたまへれば、二つの軍、吹き下ろす
嵐のごとく駆け合ひて、命を捨てゝ戦ひつ。
千々の刃が乱れ合ひ、血しぶきは絶えざりしかど、
中にても長髄彦は眼を張り、歯噛みして、「攻めよ！
敵に面を返すな！」と、さしながら轟から
離れたる鷹が飛びかぬる雉を襲ふがごとく、矢が
飛び交ふ中を駆け抜けて、此方の胸を刺しつれば、
彼方の首を斬り飛ばし、鬼のごとくに戦ひて、
いちはやくこそ皇軍の兵どもを殺しつれ。
　やがて天陰て、雲居から氷雨まで降り出でしかば、

むなしく地に転がれる兵どもの屍は

冷たき泥と血に濡れて情けなきほど汚れたり。

したたかにしておぞましき長髄彦の勢ひに

皇軍はその女軍の殆と滅び去らむほど

打ち破られて、将として働きし椎根津彦も

いらなき傷を受けて、えも戦はぬほど弱れりき。

磐余彦は皇軍をひとたび退げて、かりそめに

みなを休ませたまへれど、この日より、身に凍みとほる

氷雨うちはへ降り止まず、邪風に病づく

者も現れ、日を次ぎて戦ひ続けたまひしが、

つひに勝つこと能はずて、残りたる兵どもは

やがて半分にまで減りぬ。片や、長髄彦はその

軍のあへて敗れぬを見しに、いよいよ皇軍を

滅ぼし尽くすべき時の来しと思ひたれば、国の

兵どもに言はく、「みな勇ましき戦ひぶりぞ。

われは汝たちのごとき益荒男どもと戦へる

ことをいま誇りに思ふ。国を守り抜かんとする

心はこゝにある誰も同じにて移ろはざれば、

もはや我らをとゞめ得むものはあるまじ。今こそは

あの敵どもを滅ぼして、国をますます幸へめ。

兵どもよ、いざ行かん！」されば集ひし者すべて

声を合はせて大きなる鬨をつくりて、いとゞしく

心は勇み、精神(たましひ)は奢り、皇軍(みいくさ)を討つべく
頼もしき長髄彦に続きて進み始めたり。
　さらに勢ひを増したる虜(あたいくさ)の軍が彼方(あなた)より
迫り来たるがそぼ降れる氷雨(ひさめ)の奥に見えしかば、
重なる負けに疲れたる皇軍(みいくさ)の兵(つはもの)どもは
心を起こしがてにして、後ろめたげに黙(もだ)したり。
されば怖ぢたる弟滑(おとうけし)、洩(も)らして言はく、「然らぬだに
虜(あた)の勢ひ激しくてかつて勝ちざりたるものを、
皆人果てぬ戦ひに疲れ、病(いた)つき、人数(ひとかず)も
すでに半(なかば)にまで減れるところへさらにあれほどの
兵(つはもの)どもの押し寄せば、いかにして生き残らむや。」
剣(つるぎ)の触るゝおとなひが彼方(あなた)より聞こえ来たれば、
あたりはうたて暗き死の気配に満ちて、皆ながら
動きだにせず佇みて、磐余彦(いはあれひこ)を見まつれり。
されば磐余彦(いはあれひこ)、天つ神の護(ちは)ひをねもころに
御心に祈(の)み、迫り来る虜(あたいくさ)の軍におぢもせで
皇弓(まゆみ)を取りて立ち上がり、みなの前へと出でまして、
勇(たけ)み猛ぶる虜(あた)どもの波に向かひて宣はく、
「人よ、汝(なむち)はなにゆゑに天の意(こゝろ)を受け入れぬ。
などかは天の意よりおのが思ひを重く見る。
天(みやま)を敬ひてましかば汝(なむち)も栄えましものを、
おのればかりを頼りたることが滅びの物実(ものざね)ぞ。

第五部　209

人よ、おのれの力にて天の意も曲げ得むと
思ひなせるか、愚かなる、奢り高ぶる塵どもよ！
長髄彦よ、兄の仇よ、おのが身をもちて
天つみ空をしろしめす神の力を思ひ知れ！」
されば氷雨はたと止み、暗く垂れ籠めたる雲の
彼方にひとつ光るもの見ゆるやいなや、一匹の
金色の鵄がくだり来て、あたかも流電のごと
皇弓の弭に留まり、颯と虜どもに向かひて羽を
広げたる。たちまち鵄の光曄きて、その光、
あたかも地の上に陽があるごとく目映ゆかりしに、
虜の軍卒どもは長髄彦も誰もみな
光の中に術もなく迷ひ眩えぬ。さりければ、
この一瞬に可美真手、天羽々矢を弓に剞げ、
よく引きて、ひゃうと放てり。弓つよく、矢は高鳴りて
光の中をたゞ直ぐに駆けりゆければ、列なれる
兵どもをさし過ぎて、長髄彦の胸を射つ。
鵄が羽振りて、また高き雲居の空に去りたれば、
目の直りたる兵がひとり、かたはらを見て、「あゝ、
長髄彦が射られし！」と声を上げたる。たちまちに
かつて聞こえぬほど深き嘆きの声が山谷に
響きて、地に横たはる長髄彦のまはりには
兵どもが集まれる。大きなる益荒男どもが

胸を叩きて悔しがり、足摺りをして暗れ惑ひ、

長髄彦の身を強く揺りて、幼き子のやうに

涙を流しながら、「いざ起きよ、ふたゝび目覚めよ」と

うちかへし呼びかけ、祈り、乞ひ、願ひ、望みたれども、

かれらの長の魂はすでに黄泉へと去りぬ。斯く

天の意に抗ひし長髄彦ぞ倒れたる。

さればすかさず道臣、「我に続け！」といちはやく

剣を抜きて虜どもの方へ駆け出でたり。みなも

ふたゝび勇み立ちたるに、「よし」と叫びて、皇軍の

残れるかぎりその後を追ひて行ければ、次々と

軍の将を失ひて思ひ弱れる虜どもを

刺し、打ち、叩き、斬り裂きて、速やけく殺しまはれり。

斯くして、つひに皇軍は長髄彦を破りたり。

　己の未の年の春、如月の壬の

辰の朔の辛の亥の日、さらに磐余彦、

諸々の将軍に御言仰せて、皇軍を

練へさせたまひたるが、この時に、層富の県の

波哆の丘岬に棲みつく新城戸畔とふ者ありき。

また和珥の坂下に棲む居勢祝とふ者ありき。

さらに臍見の長柄の丘岬に猪祝といふ

者ありき。この三処の土蜘蛛どもはことごとく

天業を肯ぜず、おのれの力の猛きを
恃みて詣で来ざりてき。しかれば皇尊、この
土蜘蛛どものそれぞれに偏師をいさゝかづゝ
分け遣はして、皆ながら誅ひ殺させたまひつ。
また高尾張の邑にも土蜘蛛ありて、その軀
短きながら手と足が奇に長くて侏儒の
やうなりしかば、皇軍は葛の網を結きて、夜半、
清き月にも雲霧のかゝりて曇りたりし暇、
網をあたかもさゝがにの蜘蛛の千筋の糸のごと
繰り掛けて、その土蜘蛛の絡めとられたるところを
襲ひて殺したり。因りてその邑を葛城といふ。
また片居、もしは方立なるところ、虜を破らん
時に大軍どもが集ひて滿みたるゆゑに
因りて名付けて磐余とす。また皇軍の雄たけびし
ところを因りて猛田とし、城を造りたるところを
名付けて城田といふ。さらに戦ひ死せし賊どもの
僵せる屍が臂を枕にしたりしところを
頰枕田とす。また先の年の秋、長月の頃、
ひそかに天香具山の埴土を取りしところを
埴安といふ。また先の年の師走に皇軍の
霊しき鵄が瑞を得しところを鵄の邑とせり。
いま鳥見と言ひたることはこれが訛りたるなり。

弥生、辛酉、朔、丁卯に、皇尊の令を下したまはく、「そもそも我の東を征ちて六年になりにたり。天の神の神威を頼りて、凶徒、戮されぬ。邊の土は清まらでいまだ残りの妖ぞ尚も梗れたるとこそ言へ、中洲之地、また風塵無し。誠に、宜しく皇都を廓き恢めて、大壯を規り摹るべし。而るを屯く蒙きに屬ふ今の運は民の心まだ素朴なり。巢に棲まひ、穴に住まひて、惟、常の習俗となれり。夫、大人制を立つれば、義は時に隨ふ。苟しくも民に利あらば、何ぞ聖のなす造に妨はむ。まさに、いま山を披き、林を拂ひ、いざ宮室を營り經めよ。しからば我は恭みて厳き寶位に臨み、元元を鎮むべし。上は則ち乾霊國を授けたまひたるの德に答ふべし。下は則ち皇孫がいにしへに正しき道を養ひまし、御心を弘むべし。然るべき後、六合をひとつにして、都を開き、八紘ひとつの宇となりぬべく掩はむもまたよからずや。觀れば、夫の畝傍山の東の南の橿原の

第五部

地は蓋しこの國の墺區ならむかも。
そこに都を造るべし。」さりければ、皇尊ぞ
この月に、司々に御言仰せて、久方の
帝宅を經り始めしめたまひたる。弥生も経たり。

　庚の申の年、葉月、癸の丑の朔、
戊辰の日に、皇尊、正妃を立てむと
思し立てれば、改めて国内廣く華冑を
求めさせたまへり。時に、人ありて、聞こえさすらく、
「大己貴神の御子事代主命なむ
先つ日三嶋溝橛耳神の娘なる
玉櫛姫に見合ひして生みたまひたる兒、御名を
号けて媛蹈韛五十鈴姫命と申す。この
人は國色秀れたるなり。」さればその年、長月の
壬午の朔の乙巳に、皇尊ぞ
正妃として媛蹈韛五十鈴姫を納れます。

　しかれば、つひに天下荒れにしこともことごとく
整ひて、辛の酉の年、正月、庚の辰の
朔に、畝傍山の東の南の橿原の
底つ磐根に宮柱太敷き立て、大空に
搏風峻峙りて始馭の帝位をしらすべき

日ぞ来たりたる。橿原の宮に可美真手命
大盾を樹てたまへれば、斎庭の道に親王たちと
諸王たちと諸臣たちと百の官たちが
とりどりの幡を立て、畏まり、宮の内には
厳き高御座の上に皇尊ぞおはします。
さりければ、天兒屋命の孫におはせる
天種子命、その道を慎みて歩みて
皇尊の御前に参り来たるに、畏みて
壽詞言祝ぎて申さく、「大八嶋國知ろしめす
大倭根子天皇が御前に天つ神を祝く
壽詞を唱へたてまつる。夫、天に神づまります
神漏岐、神漏美の命たち、また國つ社たち、
めでたく千秋五百秋の相嘗にうづのひ給ひ、
堅磐常磐にこの国を護ひたまへば、いつくしき
御世の榮えゆかむことを。日月と共に皇の
照らし明らしおはします事に、臣、うたがたも
本末傾かず、茂し槍もちて仕へまつらん。
されば臣と同じく朝廷に仕へたてまつる
親王たちよ、諸王たちよ、諸臣たち、また百の
官の人と、天の下四方の百姓どもよ、
今し集はり侍りて、尊びたまへ、聞きたまへ、
歓びたまへ！ 皇が朝廷に茂し世にありて

第五部　215

八桑枝のごと立ち榮え仕へまつらむ禱事を、
天種子ぞ恐みて聞こえさせます。」斯く壽詞
畢へられたれば、太玉命の孫におはせる
天富命ぞ天つ日嗣の神の璽たる
天叢雲剣と、八坂瓊の曲玉と、また
八咫鏡を皇にたてまつります。さりければ
厳き高御座にませる皇尊の宣はく、
「いま日神の御下にて、こゝに神日本を起こす。
しかれば誰も聞け、われが宸極を光臨す
ことは惟、豈一身のためにはあらず。なにごとも
人と神をむすぶ縁を司牧へて、この国内を
經綸めんがためなり。されば、代々に久しく玄なる
功はりを闡きて、時に至る徳を流かん。
国の八紘の斯く一つ宇のもとにいま収まれば、
士と農、工、商、人民みな
族となりて助け合へ。人が互ひを妬まずに
正しく生かば、神たちも人を幸へたまふべし！」
されば斎庭に羅列れる公卿たち、百の寮たち、
あまねく拝みたてまつり、みなおごそかに手を拍てり。
　幸ひなれや、この儀礼に生きて参出来し者は、
これぞめでたき中にても猶めでたき日なりしかば！
民よ、忘るな！　これこそは国の始めの物語、

高き虚空見つ秋津洲日本の国の起こりなり！
千代に八千代に語り継げ、この世に言葉あるかぎり、
天照る神の日のもとに、かくてわれらの日本は成れり！

完

神名・人名索引

・以下、作中に登場する神や人の名前を五十音順に並べ、登場する頁を示す。
・名前の表記には本文と同じく古典仮名づかいを用いた。
・複数の異名がある場合は矢印の記号を使ってひとつの名前に誘導した。
・「尊」「命」「神」などの敬称は一部を除き省略した。
・作中の神名や人名は必ずしも現在一般に定着している読み方によらず、なるべく日本書紀の古訓の伝統を尊重することに努めた。特に混乱を招きそうなものには名前の後ろに括弧を付けて典拠を示す。また、参照した写本に関しては巻末に簡単な解説を附した。

諸本略称一覧
日本書紀私記（私記）　鴨脚本（鴨）　弘安本（弘）　乾元本（乾）　水戸本（水）　図書寮本（図）　熱田本（熱）　内閣文庫本（内）　丹鶴叢書本（丹）

あ

脚摩乳・手摩乳　51-58, 60, 63
葦原醜男⇒オホアナムチ
味耜高彦根　81, 95
吾平津姫　159
天國玉　89, 93-95
天津彦根　33
天津彦彦火瓊瓊杵⇒ニニギ
天祖⇒クニノトコタチ；ニニギ、ヒコホホデミ、イハレヒコも
天津甕星⇒アマノカカセヲ
天照大神（弘、乾、水「アマテラスオホムカミ」図、熱「アマテラスオホンカミ」熱「アマテラス（テル）オオカミ」とも）　22, 30-34, 40-41, 47-

50,60-61,63,82-83,109-111,168,173-174,176-177,217

<ruby>天<rt>あま</rt></ruby> <ruby>明玉<rt>のあかるたま</rt></ruby>⇒クシアカルタマ

<ruby>天鈿女<rt>あまのうずめ</rt></ruby> 46-47,111-115

<ruby>天忍日<rt>あまのおしひ</rt></ruby> 111

<ruby>天忍穂耳<rt>あまのおしほみゝ</rt></ruby> 33,83-84,109,198

<ruby>天香香背男<rt>あまのかゝせを</rt></ruby>⇒カカセヲ

<ruby>天穂津大来目<rt>あまのくしつおほくめ</rt></ruby> 111

<ruby>天兒屋<rt>あまのこやね</rt></ruby> 44-45,50,111,215

<ruby>天探女<rt>あまのさぐめ</rt></ruby> 91

<ruby>天手力雄<rt>あまのたちからを</rt></ruby> 49

<ruby>天種子<rt>あまのたねこ</rt></ruby> 164,215-216

<ruby>天富<ruby><rt>あまのとみ</rt></ruby> 216

<ruby>天糠戸<rt>あまのぬかと</rt></ruby>（私記「奴加戸」熱、内「ヌカト」） 44

<ruby>天日鷲<rt>あまのひわし</rt></ruby> 45

<ruby>天穂日<rt>あまのほひ</rt></ruby> 33,86-88,107,109

<ruby>天目一箇神<rt>あまのまひとつのかみ</rt></ruby>⇒アメマヒトツノカミ

<ruby>天棚織姫<rt>あめのたなばたつひめ</rt></ruby> 45

<ruby>天羽槌雄<rt>あめのはつちのを</rt></ruby> 45

<ruby>天目一箇神<rt>あめまひとつのかみ</rt></ruby>（私記「安女万比止津」乾、水、図、熱「アメマヒトツ」） 45

<ruby>天之御中主<rt>あめのみなかのぬし</rt></ruby>⇒クニノトコタチ（中世神道の説による。「國常立尊と申す。又は天の御中主の神とも號し奉る。」──神皇正統記）

<ruby>天尾羽張<rt>あめのをはゞり</rt></ruby>⇒イツノヲハシリ

<ruby>天稚彦<rt>あめわかひこ</rt></ruby> 89-95

<ruby>雷神<rt>いかづちのかみ</rt></ruby> 24

<ruby>活玉依姫<rt>いくたまよりひめ</rt></ruby> 77-78,81

<ruby>活津彦根<rt>いくつひこね</rt></ruby> 34

<ruby>伊奘諾<rt>いざなぎ</rt></ruby>（弘、乾、水、熱、内、丹「奘」図「弉」） 20-30,63

<ruby>伊奘冉<rt>いざなみ</rt></ruby>（同上） 20-28,63

<ruby>石凝姥<rt>いしこりとめ</rt></ruby> 44-45,110,111

神名・人名索引 219

市杵嶋姫（いちきしまひめ）　33,34
五瀬命（いつせのみこと）　⇒ヒコイツセ
稜威雄走（いつのをはしり）　24,98
稲背脛（いなせはぎ）　101-102
稲田宮主神（いなだのみやぬしのかみ）　⇒アシナヅチ・テナヅチ
稲飯命（いなひのみこと）　157,171
稲荷神（いなりのかみ）　⇒ウカノミタマ
磐余彦（いはあれひこ）　157,159-165,167-168,172-189,192-199,204-216
磐排別の子（いはおしわく）　182
磐裂・根裂（いはさく・ねさく）　24,97
磐筒男・磐筒女（いはつつのを・いはつつのめ）　97
磐長姫（いはながひめ）　117-121
齋之大人（いはひのうし）⇒フツヌシ；ミチノオミ
齋主神（いはひのかみ）⇒フツヌシ
倉稲魂（うかのみたま）（弘、乾、水、内「ウカノミタマ」丹「ウケノミタマ」）　23,188
菟狭津彦・菟狭津姫（うさつ）　164
顕國玉（うつしくにたま）⇒オホアナムチ
珍彦（うづひこ）⇒シヒネツヒコ
埿土煑・沙土煑（うひぢに・すひぢに）　20
表筒男（うはつつのを）⇒スミヨシサンジン
表津少童（うはつわたつみ）⇒ワタツミ
可美真手（うましまで）　166,199,200-205,210,215

海幸彦　121,123-130,132-133,148-149,153-154
兄猾（えうけし）（私記「江宇介之」熱、内「エウケシ」）　179-180
兄倉下・弟倉下（えくらじ・おとくらじ）　196
兄磯城（えしき）　183,192-198

お稲荷様⇒ウカノミタマ
瀛津嶋姫（おきつしまひめ）⇒タコリヒメ
弟猾（おとうけし）（熱、内「オトウケシ」）　179-180,184-186,194,209

220

弟磯城（おとしき）　193-196
大己貴（おほあなむち）　19,59,63-73,76,81-82,88,100-103,106-108,109,214
大國主⇒オホアナムチ
大陶祇⇒スエツミミ
大背飯三熊之大人（おほせびのみくまのうし）（私記「於保世美（伊比）乃美久未乃宇之」弘、乾、水、熱、内、丹「オホセヒノミクマノウシ」図「オホセイヒノミクマノウシ」）　86-88
大田田根子（おほたたねこ）　81
大直日（おほなほひ）　29
大汝（おほなむち）⇒オホアナムチ
大日孁貴（おほひるめのむち）⇒アマテラスオホカミ
大物主（おほものぬし）　72-76,77,80-81
大山祇（おほやまつみ）　24,117-119
大戸之道・大苫邊（おほとのぢ・おほとまべ）　20
面足・惶根（おもだる・かしこね）　20
思兼（おもひかね）　43-45,50,85-86,95-97

か
鹿葦津姫（かあしつひめ）（弘、乾、水、図、内、丹「カアシツ」）⇒コノハナサクヤヒメ
香香背男（かかせを）　98-100
軻遇突智（かぐつち）　23-24,188
鹿島神（かしまのかみ）⇒タケミカヅチ
春日神（かすがのかみ）⇒タケミカヅチ、フツヌシ、アマノコヤネ、ヒメガミ（ヒメガミが具体的にどの女神を指すのかについては諸説あり）
風の神⇒シナガツヒコ
香取神（かとりのかみ）⇒フツヌシ
神日本磐余彦（かみやまといはあれひこ）（私記「加美也未止伊波阿礼比己」弘、水、図、熱、内「カミヤマトイハアレヒコ」熱「カムヤマトイハレヒコ」内「カミヤマトイハレヒコ」とも）⇒イハアレヒコ

神名・人名索引　221

神吾田津姫⇒コノハナサクヤヒメ
神直日　29
賀茂建角身⇒ヤタカラス
草野姫⇒ノツチ
木俣神　82
句句廼馳　22
菊理媛　28
奇稲田姫　51,54,58,59-60,63
櫛明玉　45,110
来名戸の祖神⇒サルタヒコ
國狭槌　19
國常立　19-20,30,61,82,99,159
熊野櫲樟日　34
闇龗　25
闇罔象　25
闇山祇　25
居勢祝　211
事勝国勝長狭　116,117
事代主　81,101-102,214
木花開耶姫　116-119,121-122

さ
障の神⇒サルタヒコ
猿田彦　27,112-115
下照姫　81,90-94
級長津彦（弘、乾、水、内「シナカツヒコ」丹「シナツヒコ」）　23,93
級長戸邊（私記「之奈加止倍」弘、乾、水、内「シナカトヘ」丹「シナトヘ」）⇒シナガツヒコ
倭文神⇒アマノハツチノヲ

椎根津彦　163-164,185-186,188,194,196-197,208
塩土老翁（私記「志保津川乃乎支奈」鴨、乾、水、図、熱、内「シホツノヲチ」乾、内「シホツノヲチ」とも）　135-137,160-162
神武天皇⇒イハアレヒコ
白山媛⇒ククリヒメ
少彦名　64-70
素戔嗚（乾、水、内、丹「ソサノヲ」内「スサノヲ」とも）　23,29-40,51-62,63,64,71,82,110
住吉三神　19,29,159
陶津耳　77-80
底筒男⇒スミヨシサンジン
底津少童命⇒ワタツミ

た

道祖神⇒サルタヒコ
手置帆負　46
高龗　24
高降姫⇒タキツヒメ（タコリヒメの別称のように聞こえるが、『先代舊事本紀』の説による）
高倉下　173-175
高照光姫　81
高皇産霊　41-43,65,84,86-89,92,95,97-98,107,109,111,188
手研耳　159,172
湍津姫　33,34,81
田霧姫⇒タコリヒメ
武津之身⇒ヤタカラス
建葉槌⇒アマノハツチノヲ
武甕槌　98-108,173-174
武三熊之大人⇒オホセビノミクマノウシ

建御名方 （たけみなかた） 82,102-106
田心姫 （たこりひめ） 33,34,81
玉櫛姫 （たまくしひめ） 214
玉屋 （たまのや） ⇒クシアカルタマ
玉依姫 （たまよりひめ） 155,157,159
道返大神 （ちかへしのおほかみ） ⇒ヨミドニサヤリマスオホカミ
道敷神 （ちしきのかみ） ⇒ミチシキノカミ
岐の神 （ちまた） ⇒サルタヒコ
月の神⇒ツクヨミ
津昨見 （つくひみ） 45
月讀 （つくよみ） 22,35,63,181,212
豊吾田津姫 （とよあたつひめ） ⇒コノハナサクヤヒメ
豊斟渟 （とよくむね） 20
豊玉 （とよたま） ⇒クシアカルタマ
豊玉姫 （とよたまひめ） 138-139,141-144,146-147,155-156

な

長白羽 （ながしらは） 45
長髄彦 （ながすねひこ） 159,166,167,198,200-211
長道磐神 （ながちのかみ） 27
中津嶋姫 （なかつしまひめ） ⇒イチキシマヒメ
中筒男⇒スミヨシサンジン
中津少童 （なかつわたつみ） ⇒ワタツミ
啼澤女 （なきさはのめ） 24
名草戸畔 （なくさのとべ） 170
饒速日 （にぎはやひ） 109,162,198-199,202
丹敷戸畔 （にしきとべ） 173
瓊瓊杵 （にゝぎ） 19,109-112,114-122,123,160
新城戸畔 （にひきとべ） 211

苞苴擔が子　182
沼河姫　82
野槌　22, 46, 188

は

羽明玉⇒クシアカルタマ
埴山姫　24
氷川神⇒スサノヲ
彦五瀬　157, 167-170, 206
彦狭知　46
彦波瀲武鸕鷀草葺不合（私記「宇加也不支安八世須」諸本「ウカヤフキアハセス」）　156-157, 159
彦火瓊瓊杵⇒ニニギ
彦火火出見（神武天皇；「ヒコホホイデミ」とも）⇒イハアレヒコ
彦火火出見（ニニギの子；「ヒコホホイデミ」とも）⇒ヤマサチヒコ
日臣⇒ミチノオミ
日神⇒アマテラスオホカミ
火の神⇒カグツチ
熯速日　98
媛蹈韛五十鈴姫　214
蛭兒　22
經津主　97-103, 106-108
太玉　44-45, 50, 111, 216
岐神⇒サルタヒコ
邊津嶋姫⇒タキツヒメ
火明　122, 123
火闌降⇒ウミサチヒコ
火雷神⇒イカヅチノカミ
火瓊瓊杵⇒ニニギ

火産靈⇒カグツチ

ま

枉津日⇒ヤソマガツヒ
正哉吾勝勝速日天忍穂耳⇒アマノオシホミミ
三炊屋姫　198
甕速日　98
三毛入野　157,172
御食津神⇒ウカノミタマ
三嶋溝橛耳　214
道敷神　27
道主貴⇒タコリヒメ、タキツヒメ、イチキシマヒメ
道臣　178-180,188,189-192,194,211
道の神⇒サルタヒコ
罔象女　24,188
御名方刀美⇒タケミナカタ
御井神⇒キマタノカミ
三輪明神⇒オホモノヌシ
宗像三女神⇒タコリヒメ、タキツヒメ、イチキシマヒメ

や

八上姫　81
八十枉津日　29
八咫烏　177-178,193-194
八千矛神⇒オホアナムチ
八重事代主⇒コトシロヌシ
山幸彦　121,123-157
山雷　46,188
日本武　57

泉門塞之大神（諸本「ヨミトニフタカリマスオホムカミ」） 27
黄泉津大神⇒イザナミ

わ
若狭彦⇒ヤマサチヒコ
若狭姫⇒トヨタマヒメ
稚日女　39-40
海神　29, 139-142, 144-146, 152, 154
猪祝　211
井光（私記「井比加里」熱「イヒカリ」内「ヰヒカリ」）　182

写本解説

鴨脚本（神代下巻のみ、13世紀）
　嘉禎二年（1236）の書写。冒頭部分が欠損しており、九段正文の大己貴が国を譲る場面より前は無い。全体に改行が無く、大文字の正文に続けて小文字二段組で一書へ続けているところから、古体を存すると考えられている。鴨脚本という呼称は京都の鴨脚家に伝わる本だったことによる。

弘安本（神代上下巻のみ、13世紀）
　鎌倉時代の神道家、卜部兼方による弘安九年（1286）の写本。卜部系の写本の中では現存する中で最古。京都国立博物館所蔵。国宝。

乾元本（神代上下巻のみ、14世紀）
　乾元二年（1303）に卜部兼夏が書写した本。私記を参照したと思しき訓が豊富につけられており、これを三条西実隆が写したものから内閣文

庫本が生まれ、さらに後の流布本へ繋がっていったと見られている。天理図書館所蔵。国宝。

水戸本（神代上下巻のみ、14 世紀）

嘉暦三年（1328）鎌倉建長寺において、曇春という僧が金沢称名寺の剣阿が所有していた本を書写したものと伝わる。水戸徳川家の所蔵だったために水戸本の名がついた。徳川ミュージアム収蔵。重要文化財。

図書寮本

宮内庁の書陵部が所蔵する十二巻の内から神代下巻を参照した。ほかの十一巻は主に平安時代の写本だが、神代下巻のみは南北朝時代の書写であり、『神皇正統記』を著した北畠親房の手沢本だったと見られている。

熱田本（1-10、12-15 巻、14 世紀）

永和元年（1375）から永和三年（1377）にかけて、熱田円福寺の住僧厳阿が熱田神宮に奉納した写本。神武巻から神功巻までの七巻は現存する写本の中で最古。重要文化財。

内閣文庫本（全巻揃、16-17 世紀）

卜部家の家本を三条西実隆（1455-1537）が書写したものと以前は信じられていたが、現在ではその実隆の写本をさらにほかの誰かが慶長期に転写したものと考えられている。三十巻が全て揃うものとしては現存最古の写本。国立公文書館所蔵。

丹鶴叢書本（神代上下巻のみ、14 世紀の写本の模刻）

もとは嘉元四年（1306）に神祇伯家の本を剣阿が書写したものだが、原本は現存しておらず、江戸後期に丹鶴叢書のひとつとして出版された模刻本のみが今に伝わる。本文は大字で、訓注と一書は小文字二段組と

いう古体を残す。剣阿は水戸本の成立にも関わっているが、この写本と水戸本との関係は不明。

なお、日本書紀私記に関しては御巫(みかなぎ)本や伴(ばん)本など複数の写本を参照した。

著者略歴
伯井誠司（はくい・せいじ）
1986年生まれ。東京都出身。詩集に『ソネット集　附 訳詩集』（思潮社、2022年）。

叙事詩
国　始　事
（じょじし）
（くにのはじめのこと）

著者
伯井誠司
（はくいせいじ）

発行者
小田啓之

発行所
株式会社思潮社
〒162-0842　東京都新宿区市谷砂土原町 3-15
電話　03（5805）7501（営業）
　　　03（3267）8141（編集）

印刷・製本所
創栄図書印刷株式会社

発行日
2024 年 9 月 20 日